光文社文庫

文庫書下ろし／長編時代小説

華の櫛《くし》

はたご雪月花(六)

有馬美季子

光　文　社

この作品は光文社文庫のために書下ろされました。

目次

西
北
東
南
0
500m
小石川
伝通院
富坂町
水戸徳川家
春日町
神明宮
中山道
駒込
千駄木御林
加賀前田家
本郷
道灌山
日暮里
池之端仲町
湯島天神
不忍池
弁天
御数寄屋町
下谷広小路
東叡山寛永寺
根岸
谷中本村
御徒町
入谷鬼子母神
（真源院）
三味線堀
幡随院
下谷竜泉寺町
千住大橋
阿部川町
新吉原
日本堤
日光道中
新堀川
新旅籠町
東本願寺
御蔵前
御蔵前通り
浅草寺
小塚原
浅草広小路
田原町
伝法院
諏訪町
山谷町
新鳥越町
新鳥越橋
御厩河岸之渡し
浅草駒形堂
雷門
旅籠 雪月花
聖天町
山谷堀
吾妻橋
花川戸町
山之宿町
今戸橋
今戸町
橋場町
白鬚之渡し
隅田川
源森橋
中之郷瓦町
源森川
竹屋之渡し
三囲稲荷
長命寺
向島墨堤
木母寺
隅田村
北割下水
小梅村
須崎村
寺島村
業平橋
小梅村

麹町
千鳥ヶ淵
番町
牛込御門
半蔵御門
田安御門
西之御丸
小石川御門
外桜田御門
江戸城
水道橋
和田倉御門
一橋御門
猿楽町
南町奉行所
北町奉行所
神田橋御門
数寄屋橋御門
呉服橋御門
神田大明神
明神下
竜閑橋
鍛冶町
昌平橋
水谷町
木挽町
京橋
数寄屋町
和泉橋
下谷練塀小路
外神田
室町
魚河岸
日本橋
内神田
神田川
佐久間河岸
楓川
佐内町
大伝馬町
小伝馬町
松枝町
真福寺橋
南八丁堀
弾正橋
荒布橋
海賊橋
江戸橋
堀江町
通油町
亀井町
柳原土手
向柳原
八丁堀組屋敷
坂本町
中之橋
八丁堀
思案橋
小網町
日本橋川
馬喰町
福井町
元浜町
両国広小路
浅草橋
稲荷橋
一ノ橋
高橋
新川
南新堀町
行徳河岸
甚内橋
米沢町
茅町
霊巌島
箱崎町
崩橋
箱崎川
浜町堀
卍第六天
二ノ橋
永久橋
薬研堀
両国橋
柳橋
石川島
永代橋
大川
尾上町
御米蔵
熊井町
佐賀町
大川端
今川町
上之橋
万年橋
新大橋
一ツ目之橋
元町
相生町
回向院
御竹蔵
首尾の松
黒江町
油堀
万年町
海辺大工町
卍要津寺
六間堀
中ノ橋
亥ノ口橋
富岡橋
海辺橋
高橋
二ツ目之橋
仙台堀
深川
深川元町
弥勒寺橋
林町
南割下水
蓬莱橋
富岡八幡宮
小名木川
五間堀
本所
卍霊巌寺
亀久橋
竪川
芝翫河岸
三ツ目之橋
木場
新高橋
入江町
長崎町
法恩寺橋
横川
猿江橋
南辻橋
新辻橋
亀戸村
長崎橋
押上村

おもな登場人物

里緒……………浅草山之宿町にある旅籠「雪月花」の女将。
お竹……………旅籠「雪月花」の仲居頭。
吾平……………旅籠「雪月花」の番頭。
お初……………旅籠「雪月花」の仲居。下総船橋の漁師の娘。
お栄……………旅籠「雪月花」の仲居。武州秩父の百姓の娘。
幸作……………旅籠「雪月花」の料理人。
盛田屋寅之助……口入屋「盛田屋」の主。
山川隼人………南町奉行所定町廻り同心。
半太……………山川隼人の配下。
亀吉……………山川隼人の配下。
杉造……………山川家の下男。
お熊……………山川家の下女。

華の櫛《くし》

はたご雪月花

第一章　相次ぐ騒ぎ

一

真白《ましろ》な夏椿《なつつばき》は、夜の闇にはいっそう艶《あで》やかに映《は》える。

文化《ぶんか》四年（一八〇七）、水無月《みなづき》（六月）の初め。一日の仕事を終えた里緒《りお》は、自分の部屋で寛《くつろ》ぎながら、障子窓を開けて夏椿を眺めていた。湯上がりの肌に、夜風が心地よい。軒先に吊るした切子《きりこ》の青い風鈴《ふうりん》が揺れ、ちりん、と微《かす》かな音を立てた。

里緒は齢《よわい》二十五、浅草《あさくさ》は山之宿町《やまのしゅくまち》にある旅籠《はたご》〈雪月花《せつげつか》〉の三代目女将《おかみ》だ。女将を務めて三年半になる。

障子窓の近くに腰を下ろし、酢橘《すだち》を搾《しぼ》った水で喉を潤して、息をついた。美肌水を手に取り、白い首筋につけると、野茨《のいばら》のみずみずしい香りがふんわりと漂った。

里緒は暫《しばら》く涼んでいたが、不意に、亡父が遺《のこ》した日記を手に取った。里緒の両親は、いまから四年前の享和《きようわ》三年（一八〇三）、秋に信州《しんしゆう》は諏訪《すわ》へ湯治《とうじ》に出かけた帰り、板橋宿《いたばしじゆく》の王子稲荷《おうじいなり》の近くで骸《むくろ》となって発見されたのだ。

そのあたりは御府外《ごふがい》となり、代官の調べによると、音無渓谷《おとなしけいこく》を見にいって足を滑らせたのだろうとのことだったが、里緒はなにやら解《げ》せなかった。父親の里治《さとじ》も、母親の珠緒《たまお》も高いところが大の苦手で、とても渓谷を見にいくとは思えなかったからだ。

それを告げても代官は深く調べてくれることはなく、事故で片付けられてしまった。両親の死を不審に思いながらも、里緒はずっと一人で思い悩んでいたのだが、そのことに気づいていたのは彼女だけではなかった。雪月花の番頭である吾平《ごへい》や、仲居頭《なかいがしら》のお竹《たけ》も、何かおかしいと思っていたのだ。

その二人の計らいで、懇意の南町奉行所定町廻《じようまちまわ》り同心《どうしん》である山川隼人《やまかわはやと》が相談に乗ってくれるようになり、調べ直してもらっているものの、まだ死の真相には辿《たど》り着いてはいない。

行灯《あんどん》の柔らかな明かりの中、里治が書き遺した文字が浮かび上がる。両親の声が、どこからか聞こえてきそうだ。

里緒は日記を捲《めく》りながら、両親の死の真相についての、皆での語らいを思い出していた。

一月ほど前のことだ。暫《しばら》く仕事を休んでいた料理人の復帰祝いをした後、皆で寛いでいた時だった。吾平とお竹が、再び切り出したのだ。

――実は。

長らく雪月花で働いてきた二人には、里緒の両親が亡くなる前にあった訝《いぶか》しい出来事に、いろいろと心当たりがあるようだ。

里緒は杏子《あんず》の羊羹《ようかん》を口に近づけたまま目を瞬《しばたた》かせ、隼人は眉根《まゆね》を寄せた。

その時に集っていたのは、里緒のほかは六名。隼人、半太《はんた》、亀吉《かめきち》、寅之助《とらのすけ》、それに吾平とお竹だ。

隼人は齢三十四、大柄で情に厚く、なんとも温《あたた》かみのある人柄で、周りの者たちから慕われている。頑固《がんこ》なところがある里緒も、隼人には心を開いていた。

半太と亀吉は、隼人の手下の岡っ引きである。半太は齢二十四、小柄だが度量は大きい。亀吉は齢二十六、優男《やさおとこ》だがいざとなると、なかなかの男気を見せる。

寅之助は齢六十、雪月花と同じく山之宿町にある口入屋《くちいれ》〈盛田《もりた》屋〉の主人で、このあたり一帯を仕切っている親分でもある。寅之助は、里緒のことを幼い頃から知っていて、里緒の両親が亡くなってからは、雪月花の用心棒あるいは後見人《こうけんにん》のような役割を果たしてくれていた。雪月花に何かがあった時は、彼の手下たちが駆けつけてくれることになっているのだ。

吾平は齢五十七で、雪月花に勤めて三十二年になる。商いに秀でており、躰《からだ》も丈夫で、皆から頼りにされていた。ずっと通いで勤めていたが、女房に先立たれ、子供も独《ひと》り立《だ》ちしているので、今は住み込みで働いている。

お竹は齢四十四の仲居頭で、こちらも雪月花に勤めて二十年以上の古参である。お竹も十二年前に離縁してからは、住み込みで働いている。ちなみに吾平とお竹は、夫婦となってはいないがいい仲で、里緒の親代わりのようなものであった。

つまりは集っていた者たちはいわば身内で、それゆえに里緒の両親の死の真相という、重大な問題も語り合うことができたのだ。

目配せし合う吾平とお竹に、隼人が声をかけた。

――また何か思い出したようだな。

お竹は頷《うなず》き、姿勢を正して話し始めた。

――ええ。旦那さんと先の女将さんが旅に行く前、このようなことがあったんです。ちょうどその時に、この通りの纏《まと》め役だった貸本屋のご主人がお見えになって、長々と話し込んでいらっしゃいましてね。仲よく話しているのかと思いきや、ご主人がお帰りになった後、旦那さんも先の女将さんもなにやら不機嫌で、渋い顔をなさってらしたんです。

吾平が続けた。

――何かあったんですかと訊《たず》ねましても、お二人とも話してくださいませんでした。で、その貸本屋のご主人は、それから暫くして店を仕舞《しま》い、夜逃げするかのようにいなくなってしまったんですよ。

里緒と隼人は顔を見合わせる。お竹によると、里緒の父親の里治はこう言っていたという。一言ぐらい挨拶《あいさつ》があってもよかったものの、なぜ何も言わずに去ってしまったのだろう、借りた本を返すこともできなかった、と。

寅之助が口を挟《はさ》んだ。

――女将は、その貸本屋の主人のことを覚えているかい？

――ええ。お父さんとお母さんだけでなく、私も時折、本を借りていたの。人の好《よ》さそうなご主人だったから、突然いなくなってしまって驚いたわ。

半太が訊ねた。

——ご両親がご主人と何を話されていたのか、女将さんもご存じないのですか。

——ええ。三人が何かを話し込んでいたことは、薄《うつす》ら覚えているけれど。お竹の話を聞いて、思い出したわ。そのようなことが確かにあった、って。

亀吉も口を出す。

——どれぐらいの間、話し込んでいやしたんでしょうか。

——たぶん、一刻《いっとき》（およそ二時間）以上は話していたのではないかしら。

首を傾《かし》げながら里緒が答えると、お竹が相槌《あいづち》を打った。

——そう、それぐらい話していらっしゃいましたよ。八つ（午後二時）頃にいらっしゃって、七つ（午後四時）過ぎぐらいまで、二階のお部屋でひそひそと。

隼人は腕を組んだ。

——里緒さんは、貸本屋の主人が帰った後のご両親の様子の変化に、気づかなかったのかい。

——思い出しますに、確かに二人とも機嫌はよくなかったかもしれません。ご主人に長々と話し込まれて仕事を中断させられたからだろうと、その時はあまり気にも留めませんでした。

寅之助が首を捻《ひね》った。

――考えてみりゃ、おかしな話だよな。通りの纏め役が突然店を仕舞って、いなくなっちまうなんて。女将なら、そんないい加減なこと、できねえだろう？

ちなみに、ここ〈せせらぎ通り〉の今の纏め役は雪月花だ。この役目は、通りのどの店も、二年おきに交替で務めることになっている。

里緒はお茶を啜《すす》り、頷いた。

――私はもちろん、できないわ。

隼人は顎《あご》を撫《な》でつつ、目を泳がせた。

――もしや、その貸本屋は借金が嵩《かさ》んでいて、首が回らなくなって逃げちまったってことはねえか？　里緒さんのご両親には、金の融通の相談にきていたのでは。

だが吾平は首を横に振った。

――私どもも、そう考えましたよ。でも、貸本屋のご主人は、金に困っていたことはなかったようです。手堅い商いをなさっていましたからね。

――では、いったいどうして、誰にも何も告げずに、どこかへ行っちまったんだろう。

皆、考え込んでしまう。里緒がぽつりと言った。

――なにやら訝しいです。もしや、貸本屋のご主人がいなくなってしまったことは、両親の死に、本当に何か関わりがあるのでは。

皆の目が、里緒に集まる。里緒は気に懸《か》かったことを、吾平とお竹に訊ねた。

――お父さんが借りっぱなしになってしまった本は、どのようなものだったのかしら。

吾平が答えた。

――ちょっと分かりませんねえ。でも、旦那さんがお持ちになっていた本を勝手に捨てるような者はここにはおりませんので、探せば見つかるとは思います。日記もそうでしたが、どこかに仕舞われているのでしょう。

――確か、貸本屋さんの本にはお店《たな》の印が押されていたから、借りた本だと見分けがつくわよね。

――どんな印でしたっけ。

――〈桂木堂《かつらぎ》〉というお店の名前よ。朱色だったと思うわ。

――分かりました。それを目印に、探してみます。

里緒と吾平、お竹は頷き合う。隼人が訊ねた。

――貸本屋の主人はなんて名だった？　行き先はまったく分からねえのかい。

何か手懸《てが》かりはねえか。

――お名前は、信三郎《しんざぶろう》さんでした。行き先は分かりません。故郷《くに》が小田原《おだわら》と言っていましたから、もしやそちらのほうに戻られたかもしれませんが。

吾平が答えると、隼人は目を泳がせた。

――信三郎はいくつぐらいだった？

――当時、三十半ばぐらいでしたから、今は四十近いでしょう。

――独《ひと》り身《み》だったのか。

――いえ、女房と倅《せがれ》がいました。

隼人は吾平とお竹から信三郎のことをできる限り聞き出し、捜してみると約束してくれた。

里緒は、酢橘を搾った水を味わいながら、日記を捲る。皆、熱心に探ってくれているものの、里治が桂木堂から借りた本も、信三郎一家も、まだ見つかっていなかった。

里治の日記には、信三郎が消えてしまったと思《おぼ》しき頃の記述に、このようなことが書かれてあった。

〈借りた本を読む　寂しさがふと込み上げる
かわなかに　しずむおうせは　いずくよも
されどこいぢか　あきはむなしき〉

　里治は和歌も好きだったので、自分でも詠《よ》むことがあった。里治の自作であろう和歌を幾度も眺め、里緒は息をついた。

――本を読んでから詠んだ歌ならば、その本の感想だったのではないかしら。

風鈴が、また、微かな音を立てる。夜風に肌を撫でられながら、里緒は父親の歌を、こう解釈した。

〈川中に　沈む逢瀬《おうせ》は　いずく夜も　されど恋路か　秋は虚《むな》しき〉

川中に沈む……という語などから、なにやら悲恋や心中《しんじゆう》立てを詠んだようにも思えてくる。

――ならば、お父さんが借りたのは、そのようなことが書かれた本だったのかしら。

　そう察しつつも里緒は、悲恋話を読み耽《ふけ》る父親の姿が、あまり想像できない。

女人に対しては、里治は不器用なほどに真面目だったからだ。

――でも、だからこそ、悲恋話に惹《ひ》かれたのかもしれないわ。

里緒は、顔を微かにほころばせる。両親の在りし日の姿を偲《しの》びながら、夜が更《ふ》けるまで、日記を捲り続けた。


亡くなった両親は、一人娘の里緒をとても可愛がって育ててくれた。里緒は十七の頃から本格的に両親を手伝うようになり、お客のもてなしも始めた。浅草小町《こまち》などと呼ばれていた里緒だが、縁談に乗り気になれず、花嫁姿を見せる前に、両親を喪《うしな》ってしまった。深い悲しみに打ちひしがれた里緒を励ましてくれたのは、雪月花で働く者たちだった。

――これからは里緒様が中心となって、この雪月花を守《も》り立てて参りましょう。

それこそが、亡くなられた旦那様とお内儀《かみ》様への一番の手向《たむ》けとなります。

そう言ってくれたのだ。

両親が逝ってしまったことは辛《つら》いけれど、いつまでも落ち込んでいる訳にはいかなかった。旅籠で働く者たちのことだって考えなければならないからだ。

周りの者たちに支えられ、里緒は悲しみを堪《こら》えて、旅籠を守っていくことを、両親の仏前で気丈《きじょう》に誓った。

享和四年（一八〇四）の正月から女将を務めるようになり、三年半が経《た》った。隼人と出会って二年になる。雪月花に泊まったお客が巻き込まれた事件が、きっかけだった。

元来の推測好きが災いして、男を見抜いては冷めていた里緒が、隼人に心を開いていることは確かである。隼人も妻を亡くしているので、大切な人を喪った者同士、通じ合うものがあるのだろう。

柳腰《やなぎごし》の里緒に対して、隼人はぽっちゃりと福々しく、なんとも温かみがある。実際、隼人はモテるのだ。それも美女ばかりに。三枚目だけれど心優しい隼人には、女たちも和《なご》んでしまうのだ。里緒もまた、そうであった。

隼人とは反対に、里緒は色白ですらりとしており、髪先から爪先にまで美しさが行き渡っている。顔は卵形、切れ長の大きな目は澄んでいて、鼻筋は通っているが高過ぎず、口は小さめで唇《くちびる》はふっくらとしている。そのような容姿の里緒は、白兎《しろうさぎ》に喩《たと》えられることがある。子供の頃から踊りを習っていたので、立《た》ち居《い》振《ふ》る舞《ま》いも麗《うるわ》しい。思いやりがあり、優しい笑顔の里緒は、美人女将と謳《うた》われている。

里緒のもてなしの心が功を成しているのか、雪月花は代替わりしてから、以前にも増して繁盛していた。

二

翌朝、雨戸を開けると、澄み切った青空が広がっていた。里緒は目を細め、寝間着姿で大きく伸びをする。夏椿に微笑《ほほえ》みかけ、速《すみ》やかに身支度を整えると、廊下に出た。

「女将さん、おはようございます」

雑巾《ぞうきん》がけをしていた仲居のお栄《えい》とお初《はつ》が、笑顔で声を揃《そろ》える。

お栄は齢二十、雪月花で働くようになって五年目だ。武蔵《むさし》国は秩父《ちちぶ》の百姓の娘で、大柄で明るく、至って健やかである。

お初は十九で、雪月花で働くようになって四年目だ。下総《しもうさ》国は船橋《ふなばし》の漁師の娘で、小柄で愛嬌があり、毎日てきぱきと働いている。

この二人は部屋も一緒でとても仲がよい。里緒も笑顔で返した。

「おはよう。今日もいいお天気ね」

「はい。暑くなる前に、いろいろ済ませてしまいます」

「そうね。それでおやつに、なにか涼しげなものでも一緒に味わいましょう」

「それを楽しみに頑張ります」

お栄とお初はいっそう笑顔になる。里緒は二人の肩に、そっと手を触れた。

「今日もよろしくね」

「こちらこそ、よろしくお願いいたします」

元気な返事を聞き、里緒は目を細めて頷いた。お栄もお初も素直な心を持っており、里緒は二人を本当の妹のように可愛がっているのだ。

里緒はそれから裏庭へ行き、草花に水遣《や》りをした。日に日に気温が上がるこの時季は、まだ日差しが弱い朝の刻と、涼しくなってからの夕の刻の二回、水を遣っている。いつも朝は里緒が、夕刻はお栄かお初が水遣りを務めていた。

里緒は腰を屈《かが》め、鳳仙花《ほうせんか》の根元に、柄杓《ひしやく》で水を丁寧にかけていく。鮮やかな紅色の鳳仙花は、夏の日差しによく映《は》える。ひらひらとした花びらは、金魚の尻《しつ》尾《ぽ》にも似ていて、やはりこの季節に相応《ふさわ》しい花だと、里緒は思う。

里緒たちは裏庭で、花だけでなく野菜も育てている。そろそろ大葉《おおば》、大蒜《にんにく》、枝豆が穫れる頃だ。丈が一尺《しやく》（およそ三〇センチ）ほどに伸びた大葉に触れ、里緒は笑みを浮かべる。虫にも喰われず、青々とした強い葉に育っていた。

里緒は桶と柄杓を持って、裏口から中へ戻った。廊下に、味噌汁の匂いが漂っている。板場を覗《のぞ》き、料理人の幸作《こうさく》に声をかけた。

「おはよう。今日も美味《お》しいお料理を、お願いね」

幸作は鍋から目を移し、里緒に笑みを返した。

「任せてください。お客様方を唸《うな》らせてみせますよ」

「頼もしいわ。その意気よ」

里緒が拳を掲げると、幸作も同じ仕草を真似てみせる。二人は微笑み合った。

幸作は齢三十で、雪月花で働くようになって九年目だ。腕がよく、幸作が作る料理は、雪月花の目玉になっている。雪月花で働いている六人の中で唯一、住み込みではなく通いの勤め人だ。

暫く仕事を休んでいたというのは、幸作のことであった。母親の看病に加え、自身も体調を崩したのだ。幸作の具合が悪くなった原因の一つは、里緒への恋煩《わずら》いであった。

幸作は里緒への憧《あこが》れをずっと胸に秘めていたが、隼人が現れたことで、その気持ちを上手《うま》く抑制できなくなった。加えて、母親の看病疲れも溜《た》まっていて、ついに倒れてしまったのだ。

休みを取り、暫く思い悩んでいたようだが、雪月花の皆の心遣い、特にお栄の優しさに励まされて立ち直ることができた。里緒への思いには方《かた》がついたらしく、以前にも増して仕事に身を入れ、お客が喜ぶ料理を日々作り出している。

里緒も安堵《あんど》して、幸作のことを見守っていた。

板場を離れると、里緒はいったん自分の部屋に戻った。小さな庭に面した障子を開けて、下駄をつっかけて外に出る。ここからは裏庭にも繋《つな》がっていた。夏椿にも水を遣ろうと、里緒は柄杓を手にする。朝露《あさつゆ》に濡れる花びらや葉からは、みずみずしい淡い香りが漂っていた。

五つ（午前八時）になると、里緒と仲居で、お客たちに朝餉《あさげ》を運んだ。先月の二十八日に川開きをした江戸は連日賑《にぎ》わっており、雪月花もすべての部屋が埋まっている。

忙《せわ》しなく階段を上り下りしていると、吾平が欠伸《あくび》をしながら自分の部屋から出てきた。ちなみに夫婦も同然の吾平とお竹は、同じ部屋で寝起きしている。

「おはようございます、女将。ゆっくりさせてもらって、すみません」

頭を掻《か》く吾平に、里緒は微笑んだ。

「とんでもない。火《ひ》の番《ばん》だったのですもの。お務め、ご苦労様」

雪月花で働く者たちには、火の番の役割がある。里緒をはじめ、住み込みで働いている吾平・お竹・お栄・お初が交替で、毎日二人がかりで務めている。

任務中、帳場の中でうとうとしていてもよいのだが、後半を受け持った者は、その日は五つ近くまで眠っていてよいことになっていた。吾平は、暁《あかつき》七つ（午前四時）まで火の番をしていたのだ。

吾平は里緒に笑みを返した。

「今日も張り切って働きますよ」

「よろしくお願いします」

里緒は一礼し、板場へと小走りに向かう。膳を持って、また階段を上がっていった。

「おはようございます。お食事をお持ちいたしました」

声をかけると、襖《ふすま》の向こうからすぐに返事があった。

「ありがとう。入っておくれ」
「失礼いたします」
里緒は跪《ひざまず》いたまま襖を丁寧に開け、深く辞儀《じぎ》をしてから立ち上がり、膳を運んだ。
「ごゆっくりお召し上がりください」
膳の上に並べられた料理を眺め、お客の夫婦は顔をほころばせた。武州は調《ちょう》
布《ふ》で染物屋〈紫雲堂《しうんどう》〉を営んでいる由五郎《よしごろう》とキヨは、ともに齢五十絡みで、雪月
花の古くからの常連である。
本日の朝餉は、白いご飯、茄子《なす》と油揚げの味噌汁、鮎《あゆ》の塩焼き、細かく刻んだ
胡瓜《きゅうり》を載せた奴《やっこ》豆腐、茄子の漬物、それに海苔《のり》と納豆がついている。
由五郎とキヨは早速箸を伸ばし、味わう。障子窓は開けられ、煌《きら》めく隅田川《すみだがわ》の
眺めが見渡せる。爽やかな朝の日差しが注ぐ部屋の中、夫婦は舌鼓《したつづみ》を打った。
「朝から鮎の塩焼きとは、いいねえ」
由五郎がしみじみ呟《つぶや》き、キヨは大きく頷く。床の間には、里緒が生けた白い
百合《ゆり》が飾ってある。大きく膨《ふく》らんでいた蕾《つぼみ》の一つが、ぱっと開いたので、里緒
は思わず小さな声を上げた。由五郎とキヨも、床の間に目をやる。

「急にお花が咲くなんて、何かいいことがありそうですね」

里緒の言葉に、夫婦は笑みを浮かべて顔を見合わせる。

二人は今日、富士参《ふじ》りに赴《おもむ》くという。といっても富士山に行くのではなく、江戸市中にある富士塚《ふじづか》に参詣するのだ。江戸の至るところに、富士の浅間《せんげん》神社を勧請《かんじょう》した社《やしろ》が建てられており、そこには岩などで作られた小山が安置されている。それらを小さな富士山と見做《みな》し、富士塚と呼んでいる。

高田水《たかだみず》稲荷に高さ十七尺（およそ五メートル）足らずのものが初めて作られ、この近くでは浅草砂利場《じゃりば》、そのほか駒込《こまごめ》や富岡《とみがおか》八幡宮のものが名高い。それらの富士塚は、水無月朔日《ついたち》の山開きに合わせ、参詣客で大いに賑わった。時や体力がなくて富士山に行けなくても、富士塚を参ることができるのは、庶民にはありがたいことなのだった。

由五郎はお茶を啜って、息をついた。

「せっかくだから、浅草だけではなく、八幡様のほうにも足を延ばしてみようと思うんだよ」

「よろしいですね。お気をつけて、楽しんでいらっしゃってください」

キヨも箸を休め、穏やかな声で里緒に告げた。

「お弁当、お願いしますね」

「はい。承っております」

里緒は団扇《うちわ》を手に、夫婦をゆっくりと扇《あお》ぐ。二人は目を細めつつ、朝餉を味わった。


お客たちが食べ終える頃を見計らって、膳を下げにいき、その時に布団も押し入れに片付ける。布団を敷いたり、仕舞う仕事は、主に吾平が務めてくれる。

それが終わると、ようやく里緒たちの朝餉となる。昼餉と夕餉は、各々、手の空いている時に摂《と》るようにしているが、朝餉はいつも皆で一緒に食べている。

広間に集い、里緒たちも鮎の塩焼きに舌鼓を打つ。だいたいお客に出す品書きと同じであるが、ご飯は玄米に雑穀《ざっこく》を混ぜたものだ。それに納豆をかけて食べ、里緒は相好《そうごう》を崩す。

この広間には囲炉裏《いろり》を切ってあるので、寒い時季には鍋を楽しむこともでき、望まれればお客に貸すこともあった。

少し開けた障子窓から、行商人の声が聞こえてくる。虫売りや甘酒売り、冷水《ひやみず》売りの棒手振《ぼてふ》りは、今の時季に活躍する。

ひゃっこい、ひゃっこい、という冷水売りの大きな声を耳にして、お栄が呟いた。

「ああ、夏が来たな、って思いますね」

一同、大きく頷く。和やかに朝餉を済ませ、皆で麦湯を味わった。

雪月花は里緒の祖父母の代、宝暦《ほうれき》五年（一七五五）から営まれており、創業五十二年になる。

だいたい四つ（午前十時）に発つお客を見送り、八つ（午後二時）に新しいお客を迎え入れる毎日だ。

このあたりには浅草寺《せんそうじ》をはじめ寺社が集まっているので、遠方から訪れた者たちが参詣の後に泊まることが多い。吉原《よしわら》にも近いので、やはり遠方から遊びにきた者たちが帰りに泊まっていくこともある。

隣の花川戸町《はなかわどちょう》は料理屋や居酒屋が多くて賑《にぎ》わっているところなので、そちらに遊びにきて帰りが遅くなってしまった者たちが訪れることもあった。

また雪月花は、泊まりのお客だけでなく休憩で使うお客にも、だいたい八つから七つ半（午後五時）ぐらいまで部屋を貸している。寄合《よりあい》や密《ひそ》かな逢引《あいびき》などに使われ、重宝《ちょうほう》されていた。

雪月花に一泊する代金は、二食に弁当がついて、一人おおよそ五百文《もん》だ。九尺二間《くしゃくにけん》の裏長屋の、一月分の家賃ほどである。休憩の場合は一部屋百五十文で、これに人数分の料理代や酒代が加算されるので、居酒屋で下《くだ》り酒三合《ごう》につまみ五品を呑み食いするほどにはかかる。お代をいただく以上は最善のもてなしをしようと、里緒は常に心がけていた。

また近頃は、八つ（午後二時）から七つ半（午後五時）の休憩の刻に、女人用のもてなしを始めたので、そちらにも多くのお客が訪れている。

もてなしとは、月替わりの湯、揉《も》み療治、旬の水菓子《みずがし》を使った甘味の三つが一式になっており、一刻《いっとき》（およそ二時間）の間、のんびりと楽しめる。

里緒たちはこのもてなしを《昼下がりの憩い》と名づけ、引き札（ちらし）を作った。

盛田屋の若い衆たちに頼んで引き札を配ってもらうと、たちまちそれを目当てのお客が訪れるようになった。一人百五十文という代金でも、女人たちには、洒落《しゃれ》た憩いが魅力的に映ったようだ。百五十文ならば、二八蕎麦《にはちそば》が十杯近く食べられる。

このもてなしを言い出したのはお栄とお初で、当初は自分たちが、揉み療治をすると申し出た。しかし里緒は、それでは二人に仕事の負担がかかり過ぎると考え、揉み療治が得意な女人を雇うことにした。

こちらも口入屋《くちいれや》である盛田屋の力を借りると、すぐに見つかった。せせらぎ通りの近所の団栗《どんぐり》長屋に住む、お柳《りゆう》だ。お柳は齢四十七、若い頃に揉み療治の手伝いをしていたらしく、腕も確かである。

里緒とお竹が面談してみると、お柳は人柄もよかったので、雇うことにした。毎日八つから七つ半まで来てもらっているが、さっぱりとした気性《きしよう》のお柳は、歳《とし》が近いこともあってお竹と息が合っているようだ。

今日も八つを過ぎた頃に、三人の女のお客が訪れた。隣の花川戸町にある太物《ふともの》問屋の、母と娘たちだ。

「いらっしゃいませ。ごゆっくりお寛ぎくださいね」

里緒が淑《しと》やかに迎えると、お栄とお初がお湯を張った盥《たらい》を持って現れる。青々とした大きな枇杷《びわ》の葉が浮かんだお湯に、母娘は目を細めた。今月のお湯は枇杷の葉湯。美肌だけでなく、冷えや腰痛などにも効き目がある。

足を清めてから上がってもらい、里緒がいったん部屋に通したところで、お竹がお茶を運んでくる。こちらも枇杷の葉茶で、すっきりとした味わいを楽しんでもらう。その後で、内湯に案内する。

お湯から上がると、揉み療治のもてなしとなる。湯を浴びて柔らかくなった躰を、お柳が癒《いや》していく。

「お客様、肩が凝《こ》っていらっしゃいますねえ。力を入れて揉んでもよろしいですか」

「ええ。お願いするわ。でも、あまり痛くはしないでね」

「かしこまりました」

お柳は太い指を巧《たく》みに動かし、お内儀《ないぎ》の肩をほぐしていく。母の隣では、娘二人も横たわり、顔を見合わせて微笑んでいる。

安らかな気分になってもらうよう、部屋には白檀《びやくだん》の香《こう》を炷《た》いているのだが、それが心地よいのだろう、三人ともうっとりとした顔つきだ。飾ってある白い百合からも、甘やかな芳香が漂っていた。

揉み療治が終わると、母娘たちは、お柳に礼を述べた。

「とても気持ちよかったわ。極楽の気分を味わえました」

「本当に。またよろしくお願いします」

美しい姉妹に頭を下げられ、お柳は丁寧に礼を返した。

躰の疲れが取れたところで、お栄とお初が甘味を運んでくる。本日の甘味は、葡萄《ぶどう》、または南蛮柿《なんばんがき》（無花果《いちじく》）の餡《あん》を白玉《しらたま》にかけたものだ。前もって選んでもらっていたので、お内儀には南蛮柿の餡のものを、娘たちには葡萄の餡のものを出す。

旬の水菓子を蜂蜜《はちみつ》と柚子《ゆず》の搾り汁で煮詰めた餡が、白玉に艶々《つやつや》と絡まっている。それを匙《さじ》で掬《すく》って口に運び、みずみずしい爽《さわ》やかな甘みに、母娘たちは破顔《はがん》した。

休憩の刻が終わってお柳が帰り、里緒たちはようやく一息ついた。だが、それも束《つか》の間《ま》。六つ（午後六時）の夕餉の刻の前に、異変が起きた。

泊まりのお客の一人が、厠《かわや》の中で倒れたのだ。川遊びを目当てに江戸を訪れている、目黒《めぐろ》の若い百姓の耕助《こうすけ》という男だ。吾平に助け出された。

吾平曰《いわ》く、耕助は昼間に出かけて戻ってきてから何度も厠へ行くので、注意をしていたという。六つ近くに青い顔で厠へ入ったきり、なかなか出てこないので、なにやらおかしいと思って見にいくと、中で倒れていた。

里緒は動顚《どうてん》したが、ほかのお客たちにも夕餉を運ばなければならない。お竹が里緒の背に手を当てた。

「私がお医者を呼んで参りますので、女将とお栄たちで夕餉をお出ししてください」

「分かったわ。お竹、お願いね」

お竹は頷き、飛び出していく。吾平は耕助を担ぎ、一階の広間に寝かせた。耕助は息を荒らげ、額に玉のような汗を噴き出している。お腹のあたりを押さえて、時折唸り声を上げるところを見ると、持病もしくは何かに中《あた》ったのではないかと思われた。

お竹に連れられて、医者はすぐにやってきた。耕助の顔色や脈、息遣い、躰の匂いなどから、医者は診立てた。

「何か傷《いた》んだものを食べたり飲んだりしたのだろう」

里緒は青褪《あおざ》めた。

――まさか、うちでお出ししたものが原因なのでは。

しかし、ほかのお客たちには何も変わった様子は見られない。

――ならば、お客様が外に出られた時に召し上がったものが、傷んでいたのでは。

顎に指をそっと当て、里緒は思いを巡《めぐ》らせる。医者は溜息《ためいき》をついた。

「なにやら、おかしな話だ。昨日から、このあたりで、腹痛を訴える病人がやけに多い。これで十人目だ」

「まあ、さようですか」

お竹が目を剝《む》く。医者は頷いた。

「何がもとになっているかよく分からぬ食中《しょくあた》りだ。もしや、このあたりの水がおかしいのだろうか」

里緒とお竹、吾平は顔を見合わせ、首を傾《かし》げた。水に異変が起きたとすれば大問題だが、それならばもっと多くの者たちが倒れているに違いないからだ。

耕助にいろいろ訊《き》いてみたかったが、話せる状態ではない。医者は暫く静かにしているようにと告げ、薬を置いて帰った。

里緒は薬を手に板場へと行き、片付けている幸作の傍らで、鍋を火にかけ湯を沸かし始めた。薬を煎《せん》じるためだ。

鍋を眺めつつ、里緒は考えを巡らせた。

——二日の間に十人も同じような病に罹《かか》るなんて、いったいどこで何を口にしたのかしら。

幸作が声をかけてきた。

「今日も忙しかったっすね。甘酒を作っておいたんで、仕事が終わったら飲んでください」

里緒は鍋から目を離し、微笑んだ。

「気が利《き》くわね。ありがとう」

甘酒は里緒の大好物だ。幸作に笑みを返され、里緒はふと気づいた。

――もしや、お客様をはじめとして、具合が悪くなった人たちは、このあたりを回っている棒手振りから何かを買って、中ったのではないかしら。甘酒とか、冷や水とか。

ならば、これ以上病人を増やさないよう、その棒手振りを見つけ出して注意する必要がある。

――半太さんや亀吉さんに相談してみようかしら。でも、まだ私の勘働きですもの。お客様にお話が聞けるよう、早くよくなってもらわなければ。

思いを巡らせつつ、里緒は薬を煎じた。

耕助には、吾平が付き添って寝た。薬が効いたのか、翌朝には耕助の具合はだいぶ落ち着いた。吾平が躰《からだ》を拭き、浴衣《ゆかた》を着替えさせると、お竹が煎じ薬を匙で掬《すく》って少しずつ飲ませた。その様子を、里緒は静かに見守っていた。

昼近くになると耕助は話せるようになったので、何があったのか訊ねてみた。やはり里緒が察したとおり、棒手振りから心太《ところてん》を買って食べてから、具合が悪くなったそうだ。

棒手振りが扱う品には、幕府の鑑札《かんさつ》を持っていないと売り歩けないものもあるが、鑑札がなくても売り歩けるものがある。心太や甘酒、冷や水などは後者であり、つまりはそれらを売り歩いている棒手振りの中には、身元がよく分からぬ者もいるということだ。

里緒は眉根を寄せた。

――その棒手振りは、傷んだ心太を売っているという覚えがないのよね。やはり半太さんか亀吉さんにお伝えして、捜してもらったほうがいいわ。早く注意しないと、また病人が出てしまう。

里緒がその考えを話すと、吾平は盛田屋へと走った。盛田屋の若い衆に、半太か亀吉を呼びにいってもらうためだ。

それから里緒は、せせらぎ通りの纏め役補佐である経師《きょうじ》屋〈大鳥《おおとり》屋〉へと向

か い、主人の茂市《もいち》と話し合った。茂市は齢四十六の穏やかな男で、五つ下の女房と十六の倅と暮らしている。

「分かりました。では女将さんと手分けをして、棒手振りが売り歩いている心太に気をつけるよう、通りの皆に伝えましょう」

「お手数おかけしますが、よろしくお願いします」

里緒は丁寧に礼をする。茂市は少し考え、言った。

「しかし、病人が出ているのは、せせらぎ通りだけではなくて、このあたり一帯なんですよね。ならば、もっと広い範囲に届くように、用心を促すべきでしょうか」

「確かに、そうですね。それは岡っ引きの方々に頼もうと思っております」

「なるほど。それは心強いです」

二人は頷き合い、まずはせせらぎ通りの皆に報《しら》せるよう、それぞれ走った。

雪月花が建つせせらぎ通りは、隣町である花川戸町の間にあり、隅田川沿いから浅草寺方面へと真っすぐに延びている。それゆえ、せせらぎ通りとはいっても、浅草寺に近いほうでは、川の流れはほとんど聞こえない。

雪月花は隅田川に近い場所にあり、ほかには小間物《こまもの》屋、酒屋、八百屋、煮売り屋、やいと屋（鍼灸師《しんきゅう》）、筆屋、蠟燭《ろうそく》問屋、薪炭《しんたん》問屋、質屋、経師屋、菓子屋などの店が並んでいる。

里緒は特に、小間物屋〈珊瑚《さんご》屋〉の女房のお蔦《つた》と、菓子屋〈春乃《はるの》屋〉の女房のお篠《しの》と懇意であった。

お蔦は齢四十二、ふくよかで優しげな面立《おもだ》ちの女だ。

お篠は齢六十二、白髪を綺麗に結って洒落た着物を纏った、山之宿町でも名高い粋な婆様だ。

その二人にも心太売りに気をつけるよう告げ、雪月花に戻ってくると、半太が玄関の前に立っていた。

「ごめんなさいね。お忙しいところ、お呼び立てして」

里緒が頭を下げると、半太は手を振った。

「とんでもない。気を遣わないでください。棒手振りが売ってる食い物に中って、十人も病人が出るなんて、危ねえですもん。これ以上広がらないよう、必ず見つけ出して、きつく言っておきますんで」

「よろしくお願いします」

里緒は半太を見つめ、胸の前で手を合わせる。

「心太売りなら、すぐに見つかると思います。任せてください」

半太は笑顔で胸を叩いた。


ところが心太の棒手振りは、なかなか見つからなかった。半太だけでなく、盛田屋の若い衆の何人かも走り回ったが、山之宿町のどこにも見当たらない。

若い衆の一人の磯六《いそろく》が、汗だくになって雪月花を訪れ、告げた。

「どうやら心太売りは、場所を替えちまったようです。ほかのとこでも傷んだ心太を売り歩いたら、てえへんです」

「そうね。それに、また山之宿へ戻ってくるかもしれないし」

里緒は眉根を寄せる。お竹が冷えた麦湯を運んできた。

「磯六さん、ご苦労様。これでもお飲みになって」

「ここでは何だから、お上がりになって」

里緒が促すも、磯六は上がり框《かまち》にどっかと腰かけ、帯に差した団扇を引き抜き、扇いだ。

「いや、ここでいいっすよ！」

そしてお竹から麦湯を受け取り、喉を鳴らして一気に飲み干す。豪快な姿に、里緒とお竹は目を瞬かせた。

磯六は齢二十五、遊女屋《ゆうじょや》で生まれ育ち、十代の頃は手のつけられない暴れ者だった。山之宿の鼻つまみ者とまで言われた磯六を引き受けたのが、寅之助だ。寅之助に一から叩き直され、今では忠実な働きを見せている。

里緒も帯に挟んだ扇子を手に取り、磯六を扇いでやった。白檀の香りがふんわり漂う扇子は里緒のお気に入りだが、磯六は照れ臭いのか、鼻を擦《こす》った。

「麦湯のお代わり、お持ちしましょうか」

里緒が訊ねると、磯六は空《から》になった湯呑みを差し出した。

「遠慮なくいただきやす！」

里緒は笑みを浮かべ、板場へと走った。

磯六は二杯目も一気に飲み干し、口の周りを腕で拭《ぬぐ》った。

「とにかく心太売りには注意するよう、町の皆に呼びかけやす。明日も皆で棒手振りを捜してみやすよ」

磯六はそう約束して、帰っていった。

耕助は大事には至らず、夕刻にはお粥《かゆ》が食べられるようになった。

卵粥《たまごがゆ》をゆっくりと味わう耕助に、里緒たちは心太売りの特徴を詳しく訊いたが、菅笠《すげがさ》を目深《まぶか》に被《かぶ》っていたので顔がよく見えなかったという。中背で、引き締まった躰つきだったそうだ。

吾平は溜息をついた。

「ならば、似面絵は作れないだろうな」

「取りあえず、このあたり一帯には呼びかけてもらったから、皆、用心すると思うわ。大丈夫よ、きっと」

里緒は願いを籠《こ》めて言った。

三

懸念《けねん》していたものの、それから数日は何事もなく過ぎた。棒手振りから何かを買って、中ったという者は他にはいなかった。件《くだん》の心太売りは、どうやら山之宿町から離れたものと思われた。

土用《どよう》にはまだ少しあるが、日ごと暑さが増すこの時季、里緒やお竹たちは帯に扇子を挟んで仕事に精を出す。

四つ（午前十時）に発つお客たちを見送り、部屋の片付けを終えると、里緒は旅籠の前を箒《ほうき》で掃《は》いた。ふと見上げると、澄み渡る晴天に、綿雲《わたぐも》が浮かんでいる。旅籠の軒先に吊るした風鈴《ふうりん》の音が、どこからか聞こえてくる蟬《せみ》の啼《な》き声と混ざり合う。眩《まぶ》しい日差しを受けて煌めきながら波打っている隅田川を眺め、里緒は目を細めた。

箒を持つ手を休め、隅田川と、その向こうに広がる向島《むこうじま》の青々とした景色に暫《しば》し見惚《みと》れていると、ふと、背後に人影を感じた。振り返り、里緒は顔をほころばせた。

「隼人様、いらっしゃいませ」

里緒に丁寧に礼をされ、隼人も頰《ほお》を緩《ゆる》める。隼人は返事をするのも忘れ、里緒に見入った。淡い水色の絽《ろ》の着物を纏い、月白《げっぱく》色の帯を結んだ姿は、なんとも涼しげで、可憐《かれん》な花の如《ごと》き風情《ふぜい》だったからだ。

絽の着物とは、いわゆる薄物で、涼しくはあるが少々透《す》けて見える。だが里緒は、純白の襦袢《じゅばん》に淡い色合いの着物を重ねているので、決して下品ではなく、むしろ清楚《せいそ》であった。

言葉を失ってしまった隼人に、里緒は微笑んだ。

「中へお上がりになって、涼んでいらっしゃいませんか？」

隼人は我に返り、咳払《せき》いをした。

「いや、今は見廻りの途中だから、遠慮しとくぜ。棒手振りの件が気になっていたんで、こちらに足が自《おの》ずと向いちまったんだ」

「気に懸《か》けてくださって、ありがとうございます」

「うむ。……本当は、里緒さんに合わせる顔などねえんだがな」

「まあ、どうしてですの」

「だって、そうじゃねえか。このあたりを騒がせた棒手振りを捕まえることもできず、例の貸本屋だってまだ見つけ出せねえんだから」

「そんな……お気になさらないでください。棒手振りについては、別に疑わしいという訳ではなく、あの時に売り歩いていた心太がたまたま傷んでいただけのことだったのでしょう。貸本屋さんについては、またも私の勝手なお願いで、調べていただいているのですもの。隼人様はお仕事がお忙しいのですから、決してご無理なさらないでください」

里緒に真っすぐ見つめられ、隼人は微かに頷く。

「そう言ってくれると、救われるぜ。ありがとよ、里緒さん」

　里緒は頷き返し、袂《たもと》から手ぬぐいを取り出した。そして手を伸ばし、それで隼人の額をそっと拭った。汗が滲《にじ》んでいたからだ。

「あ、すまねえ。いや、なんだか恥ずかしいぜ」

「隼人様、じっとなさって」

　里緒は隼人の首筋の汗も拭う。隼人は身動きできないかのように、されるがままだ。

「なんだか、いっそう汗が出てきちまうよ」

　照れる隼人に、里緒は微笑んだ。

「大丈夫です。止まりました。ね、隼人様。少し休んでいらっしゃれば？　冷たい麦湯をお出ししますので」

「そうするか。……いつも、すまねえな」

「ご遠慮なさらず。さ、どうぞ」

　里緒は隼人を、雪月花の中へと導く。旅籠の軒先に吊るした赤い切子の風鈴が、ちりん、と音を立てた。

　玄関の棚に置かれた大きな金魚鉢に目を留め、隼人は思わず声を上げた。

「おっ。これは風流だな」

赤くて丸い金魚が二匹、赤と白の斑《まだら》の金魚が一匹、尾をひらひらとさせ、水草を揺らしながら泳いでいる。

「お栄とお初が、棒手振りから買ってきたんです。あんまり可愛いので、ここに飾って、お客様たちにも眺めていただいております」

「涼しげで、暑気払《しょきばら》いになるぜ」

金魚に見惚れていると、吾平が帳場の中から顔を出した。

「旦那、いらっしゃいませ。昼飯、まだでしょう? 召し上がっていってくださいよ」

「いや、そんなつもりじゃねえんだ。気を遣わねえでくれ」

するとお竹まで現れて、口を挟んだ。

「いいじゃないですか。ごゆっくりなさっていってください。うちはお客様たちに昼餉はお出ししませんので、この刻は案外のんびりしているんですよ」

お竹が言うように、旅籠では普通、朝餉と夕餉は出すが、昼餉は出さない。雪月花もそうであるが、その日に発つお客には、昼飯用に弁当を持たせることにしている。もちろん宿泊中のお客から、望まれれば作る。この弁当がまた美味しいと評判で、お客たちの間では雪月花弁当と呼ばれて愛されていた。

里緒、吾平、お竹に見据えられ、隼人は頭を搔いた。

「いやいや、ちょっと休ませてもらえればいいんだ。俺も仕事があるし、すぐに暇《いとま》するからよ」

「かしこまりました。とにかく、お上がりくださいませ。その前に……お竹、お願い」

里緒に目配せされてお竹は気づき、ちょっとお待ちくださいと言って、奥へと走った。すぐにお栄とお初が、湯を張った盥を運んでくる。大きく青々とした枇杷の葉を浮かべた湯に、隼人は目を瞠《みは》った。

「申し訳ねえなあ」

隼人は恐縮しつつ、二人に足を洗ってもらう。腕を組みつつ、吾平が口を出した。

「旦那は汗っかきだから、足ぐらい清めてもらいませんとね」

「なんなら、一風呂浴びていらっしゃれば？　枇杷の葉湯、さっぱりしますよ」

お竹が誘うと、お栄とお初も声を揃えた。

「それはよろしいですね。汗をお流しください」

「隼人様。暑気払いは是非、ここ雪月花で」

里緒は艶《つや》やかな笑みを浮かべ、扇子で隼人を扇ぐ。雪月花の面々に取り囲まれ、隼人は身を縮こまらせるのだった。


里緒が隼人を自分の部屋に通すと、お竹が麦湯を運んできて、速やかに下がった。隼人は仏壇を拝んだ後で、麦湯で喉を潤し、息をついた。

「ああ、生き返るぜ」

一気に寛いだ面持《おもも》ちになる隼人を眺め、里緒は笑みを浮かべた。

「どうぞ羽織をお脱ぎになってください」

「そうするか」

里緒は羽織を受け取ると、衣紋《えもん》かけに丁寧にかけた。隼人は麦湯を味わいながら部屋を眺め、里緒の部屋でも金魚が飼われていることに気づいた。玄関に置かれていたのは切子の金魚鉢だったが、里緒は信楽《しがらき》焼の水鉢を使っていた。底の浅い水鉢の中、紅と白の斑の金魚が一匹、真白な尾を揺らしている。

「あまりに可愛くて、部屋でも飼いたくなっちまったって訳か」

隼人がにやりと笑う。里緒は腰を下ろして、笑みを返した。

「さようでございます。まるで動く宝の石を見ているようですわ」

「なるほど、宝の石か。女の目には、そのように映るのかもしれねえ。金魚は人気があるしな」

二人は寄り添い、金魚を眺める。少し開けた障子窓から、風が吹き込んでくる。里緒は部屋に置いてあった団扇で、隼人をゆっくりと扇いだ。

少しして、幸作が昼餉を運んできた。前に置かれた膳を見て、隼人は目を見開いた。

「こりゃ、鰻《うなぎ》じゃねえか！　俺の大好物だ」

鰻丼は湯気を立て、芳《こう》ばしい匂いを漂わせている。隼人は思わず唇を舐《な》めた。

幸作は笑みを浮かべた。

「そうだと思いました。精をつけて暑気払いなさってください」

「幸作、気が利くなあ。遠慮なくいただくぜ」

「はい、旦那。ごゆっくりどうぞ」

幸作は礼をし、下がった。

里緒と隼人は笑みを交わし、箸を取る。鰻丼を味わい、隼人は唸った。

ふっくらと炊いた艶々のご飯の上に、タレが滲《にじ》んだ照りのある鰻が載っている。

鰻は厚く、身が引き締まっているが、口の中で蕩《とろ》ける。幸作は丁寧に骨抜きしているのだろう、小骨を感じることもまったくない。

隼人は言葉も忘れて、夢中で味わう。鰻の旨《うま》みと濃厚なタレが滲んだご飯が、また堪《たま》らない。勢いよく搔っ込む隼人を見やり、里緒は思わず微笑む。

あっという間に食べ終えた隼人に、里緒は言った。

「よろしければ、私の鰻も、一切れ召し上がっていただけませんか。私にはちょっと多すぎますので」

里緒は丼を差し出し、隼人に食べてほしいところを指で差す。隼人は頭を搔いた。

「そんな……悪いなあ。でも、驚くほど旨いから、遠慮なくいただくぜ」

隼人は里緒の丼から鰻を一切れもらい、今度はゆっくりと味わった。

食事が済むと、里緒は父親が遺した日記を隼人に見せ、里治が作ったと思しき和歌について推測したことを話した。

「ふむ。それで里緒さんは、親父さんが借りていた本は悲恋話ではないかと思っているのだな」

「さようです。父がそのような話を読んでいたというのは、なんとなく腑《ふ》に落ちないのですが」

隼人は腕を組み、首を傾げた。

「でも里緒さんの親父さんは、本が好きだったんだろう。ならば、いろいろな本に興味があって読んでいたとしても、不思議ではないと思うがな」

「そうでしょうか。……でも、そういえば、井原西鶴《いはらさいかく》などの浮世草子《うきよぞうし》にも目を通してはいるようでした」

「そうだろう？　男だからって軍記物《ぐんきもの》ばかり読むとは限らねえよ」

「確かに。そうかもしれません」

里治も『保元物語《ほうげんものがたり》』や『太平記《たいへいき》』『義経記《ぎけいき》』などの軍記物が好きで、講談《こうだん》もたまに聞きにいっていたが、考えてみれば古《いにしえ》の英雄たちにだって恋愛話はつきものなのだ。

隼人は顎を撫で、息をついた。

「半太と亀吉に、手が空いている時は捜すように言ってはいるが、桂木堂という貸本屋は、なかなか見当たらねえ。名前を変えちまったか、もしくは江戸を離れちまったか。主人だった信三郎は小田原の出というから、半太と亀吉を調べにいかせようと思ってはいるんだ」

「そこまでしていただいては、申し訳が立ちません。信三郎さんが、両親の死に関わっていたかどうかも不確かなのですから」

真摯《しんし》な面持ちの里緒の肩に、隼人はそっと手を置いた。

「まあ、こちらも今すぐにとはいかねえよ。今の時季は川遊びや祭りで、江戸の者たちも浮かれているからな。取り締まりがたいへんなんだ。それが落ち着いたら、手下どもにも本腰を入れて捜してもらうぜ。俺もいつも気に留めていて、怪しい貸本屋の噂などには注意している。里緒さん、見つかるまでもう少し待っていてくれな」

「もちろんです。来年でも再来年でも、その先でも、構いません」

隼人は里緒の肩を優しく叩いた。

黒羽織を里緒に着せてもらい、隼人は帰っていった。


土用を迎え、雪月花も暑気払いに余念がない。土用とは、立秋《りっしゅう》までの十八日の間のことだ。暦《こよみ》の上では秋が近づいているが、暑さはまだまだ止《や》みそうにもなかった。

せせらぎ通りを行き交う人々も、男たちは胸元をはだけ、女たちは大胆な裾《すそ》からげをして、暑さを凌《しの》いでいる。この時季は、この通りも賑わっているが、特に活気づいているのは、やいと屋の〈秋月堂《しゆうげつ》〉だった。土用の間は、毎年、ほうろく灸《きゆう》で当たりを取っているのだ。

本来、ほうろく灸とは、土用の時季に寺で僧侶が参詣者にするものだ。ほうろくとは、素焼きの平たい皿のことである。参詣者の頭にそれを載せて、その上にもぐさを置き、火を点《つ》けて祈禱《きとう》するのだ。

頭に直接お灸を据える訳ではなく、ほうろくに遮られているとはいっても、やはり熱い。その熱に頭のツボを刺激され、もぐさの煙によって躰中の病魔がいぶり出されるという、いわば呪《まじな》いのようなものだ。

ほうろく灸は谷中《やなか》の寺などでも行われているが、秋月堂を頼る者たちは多く、この時季は店の前にいつも行列ができている。雪月花に泊まっているお客たちも、行っているようだ。

吾平も秋月堂でほうろく灸をしてもらい、さっぱりした顔で帰ってきた。お客たちから評判を聞いて、一度試してみたかったそうだ。

「なかなか爽快だったよ」

帳場で胡坐《あぐら》をかき、ごま塩頭を撫でる吾平を眺め、お竹が身を乗り出す。

「あら、やっぱり効くんですねえ。私もやってもらおうかしら」

すると吾平は大きく手を振った。

「いや、女はやめておけ。特に年寄りはな。やけに熱いから、髪がごっそり抜けちまうかもしれない」

「まあ、それほど耄碌《もうろく》してませんっ」

膨れっ面になるお竹の傍らで、里緒は目を瞬《しばた》かせた。

「ほうろく灸って、それほど熱いの？」

「思った以上に熱かったです。ほうろくに載せているっていったって、素焼きの皿ですからね。頭の上に直接お灸されているのと、変わりませんよ。汗がだらだら出てきて、目が開けていられなくなりました」

里緒とお竹は顔を見合わせ、肩を竦《すく》めた。

「ならば私たちは、やはりやめておいたほうがよさそうね」

「それが賢明ですよ。まあ、確かに、躰中から悪いものが抜けたように、すっきりとはしますがね」

澄ました顔で麦湯を啜る吾平を、お竹が団扇で扇ぐ。里緒はほうろくを頭に載せる仕草をしてみながら、首を傾げた。

吾平が戻ったので、里緒はお竹と一緒に広間で昼餉を摂った。雑穀《ざっこく》ご飯のおにぎりと大葉《おおば》の味噌汁に、雪月花弁当のあまりの小鰺《こあじ》の衣《ころも》かけ（唐揚げ）、茗荷《みようが》の漬物だ。

小鰺の衣かけは、頭も骨も丸ごと食べられる。さくさくとした食感と、芳ばしい味わいに、里緒たちは舌鼓を打った。

「大葉もよく穫れて、ありがたいわね」

「本当に。私たちの育て方がいいんですよ」

味噌汁を啜り、息をついていると、玄関の格子戸が勢いよく開かれる音が聞こえた。

「ごめんなさい。里緒ちゃん、います？」

覚えのある声が響き、里緒が出ていくと、お篠とお蔦の姿があった。二人とも、なにやら神妙な顔をしている。吾平も帳場から顔を見せていた。

「何かありました？」

「それがさ、秋月堂さんが大怪我《おおけが》をしたんだよ。命は助かったけれど、お医者の診立てでは暫くは身動きできないだろう、って」

里緒は目を見開き、手で口を押さえる。お篠の後、お蔦が続けた。

「柄《がら》の悪い男に、殴り込まれたのよ。俺の女房を寝取りやがって、何てことをしやがるんだ、って」

里緒は息を呑み、吾平は眉根を寄せた。

「秋月堂さんは、この町きっての遊び人って言われているからなあ。危ないとは思っていたが、ついに、やっちまいましたか」

お篠とお蔦は大きく頷く。お篠が少し嗄《しゃが》れた声を響かせた。

「見ていた人たちが言うには、その荒くれ者は仲間も連れて乗り込んできたんだって。二人がかりで秋月堂さんを殴るわ蹴るわ、凄《すさ》まじかったみたいだよ」

吾平が腕を組んだ。

「私が秋月堂さんのところから帰ったすぐ後で、そのようなことが起きたって訳か」

「そういうことよね」

里緒が頷くと、お蔦が答えた。

「つい先ほどの話よ。騒ぎになって、茂市さんが自身番《じしんばん》へ走ったわ」

「やったのは、いったい、どこの誰なんだろう」

吾平が問うと、お篠が首を捻った。

「それがさ、秋月堂さんが息も絶え絶えに言うには、俺は騙《だま》されたんだ、美人局《つつもたせ》だ、って」

お蔦が続ける。

「どうやら一時の火遊びで、どこの誰か分からない女に引っかかったみたいよ。秋月堂さん、女に亭主がいることも知らなかったようだし」

「金は奪われなかったのだろうか」

「店に置いてあった売り上げなんかは、根こそぎ持っていかれたみたいだよ」

「ならば、美人局と言えるかもしれないな」

吾平が声を低める。里緒は息をついた。

「暫く身動きができないのならば、たいへんね」

秋月堂には老婆の端女《はしため》がいるが、やはりいろいろと心配である。

お篠が言った。

「秋月堂さんなら大丈夫じゃない？　仲のよい女の人たちが多いから、代わる代わる手伝いにきてくれるよ」

「まあ、躰がもとに戻るまでは、お仕事を休まなくてはならないから、それは気懸かりよね」

お蔦の言葉に、皆、頷く。吾平が顔を顰《しか》めた。

「悪い噂が広まって、店を再開しても、お客が来なくなってしまうかもしれないからな。悩ましいところだ」

「いずれにせよ、秋月堂さんには、しっかり躰を治してもらいたいわね」

里緒は、後でお見舞いにいくと、お篠とお蔦に告げた。

その日の夕刻、涼しくなった頃、里緒は手土産を持って秋月堂の見舞いにいった。端女に通してもらった部屋で、秋月堂は横たわっていた。布団をかけていても、相当やられたであろうことは見て取れる。頭に巻いた晒《さら》しや、痣《あざ》ができている目の周りや口元が、痛々しかった。だが秋月堂の意識ははっきりしていたので、里緒は少し安堵した。

もともとお喋《しゃべ》り好きな秋月堂は、重傷であっても、話したくて仕方がないようだった。やはり、その夫婦がどこの誰か、まったく分からぬとのことだ。女とは、夕涼みしていた時に両国《りょうごく》の居酒屋で相席になり、息が合ったという。

寝床の中で、秋月堂は切なげな声を出した。

「お互い、一度限りの遊びと割り切っておりましたのに、まさかこんなことになりますなんてねえ。一生の不覚ですよ」

里緒は眉を八の字にしつつ、語りかけた。

「お大事になさってください。ごゆっくりお休みになって、お元気になってくださいね」

そして手土産を包んだ風呂敷を、見せた。

「南蛮柿の甘露煮です。柔らかく、滋養《じよう》もございますので、よろしければお召し上がりください」

秋月堂は不意に目を潤ませた。

「ありがとうございます。女将さんは優しいなあ」

「せせらぎ通りの皆ともども、秋月堂さんが早くよくなられますよう、祈っております」

里緒は温かな眼差《まなざ》しで、秋月堂を見つめた。

雪月花へと戻りながら、里緒は考えた。

——秋月堂さんの一件、半太さんか亀吉さんにお伝えしようかとも思ったけれど、よくある美人局で、終わってしまいそうね。

この時季は六つ（午後六時）前でも、まだ明るい。猪牙舟《ちょきぶね》や屋根船《やねぶね》が行き交う隅田川に目をやり、里緒は衿元《えりもと》を直した。


それから数日後、せせらぎ通りで、再び騒ぎが起きた。蠟燭問屋〈有明堂《ありあけ》〉の丁稚《でっち》の純太《じゅんた》が、米俵を積み上げた大八車に轢《ひ》かれそうになったというのだ。茂市が慌《あわ》てて報せにきて、里緒は顔色を変えて飛び出していった。齢十四の純太は十の頃から丁稚としてけなげに働いており、里緒も目をかけて可愛がっている。その純太にもしものことがあったらと思うと、居ても立ってもいられなかった。


純太が轢かれそうになった場所には、人だかりができていた。八百屋〈真菜《まな》屋〉の女房のお苗《なえ》がいたので、里緒は胸を押さえながら訊ねた。

「純太さんは大丈夫だったんですよね」

「既《すんで》のところで、盛田屋の若い衆が純太さんを突き飛ばしたから、大八車の直撃は免《まぬか》れたみたい。でも倒れた時に、どうやら肩や足を痛めたようね。動けなかったみたいだから、骨を折ったのではないかしら」

里緒は言葉を失い、青褪める。茂市が口を挟んだ。

「どのような様子だったんだろう。大八車は急いでいたんだろうか」

「見ていた人によると、大八車が凄い勢いでこの通りに突っ込んできたんですって。端《はな》から、誰かを狙っていたかのようにも思えたそうよ」

お苗は声を低める。里緒は眉根を寄せた。

「車引きは、捕まったのでしょうか」

「それが、逃げてしまったのよ。盛田屋の若い衆が追いかけていったそうだけど、見失ってしまったみたい」

道に、大八車と米俵が転がっている。車引きはこれらを放り出して、行方《ゆくえ》をくらましてしまったということだ。

——ずいぶん、いい加減な車引きだわ。するとお苗さんの話のように、端から米俵を運ぶのが目的ではなく、誰かを轢くことが目的だったのかしら。

里緒の背筋に冷たいものが走る。茂市が息をついた。

「いずれにしろ、純太は怪我で済んでよかった。後で盛田屋さんに行って、礼を言わなければ」

「それは私どもで、しておきます」

里緒が告げると、茂市は頷いた。

「ではお任せいたします。私は自身番に行って、少し話をして参ります」

「よろしくお願いします」

里緒は茂市に一礼し、いったん雪月花へと戻った。

少しして、幸作に急いで作ってもらった手土産を持ち、里緒は蠟燭問屋へと向かった。有明堂は間口八間《けん》の、立派な構えの店である。

有明堂の主人の義久《よしひさ》は、里緒をすぐに中へと通した。義久によると、純太は左足を挫《くじ》いたようで、なかなか重傷らしく、医者の診立てでは完治するには二月ほどかかるとのことだった。骨が折れていなかったことは救いであったが、それでもやはり心配である。

奥の小さな部屋で、純太は臥《ふ》せっていた。肩も怪我をしたようで、晒しが巻かれているのが痛々しい。純太は半身を起こそうとしたが、里緒は優しく止めた。

「無理しないで。寝ていてちょうだい」

「女将さん、お見舞いにきてくださったんですね。ありがとうございます」

里緒に見つめられ、純太の目が潤む。里緒は微笑んだ。

「純太さんは若いんですもの。ゆっくり休めば、治っていくわ。……怖かったでしょう。無事でよかったわ、本当に」

里緒の目も不意に潤み、涙がほろりとこぼれる。純太が掠《かす》れる声を出した。

「女将さん、ご心配おかけして、ごめんなさい」

里緒は指で目元を拭い、首を横に振った。

「謝ることなんてないわ。こちらこそ、泣いたりしてごめんなさいね」

里緒は微笑みを取り戻し、水色の風呂敷包みを、純太に見せた。

「純太さん、お菓子がお好きでしょう。海老煎餅《えびせんべい》と、甘酒で作ったお饅頭《まんじゆう》。この中にたっぷり入っているから、召し上がってね」

純太は床の中で、目を瞬かせた。

「あ、ありがとうございます。とっても嬉しいけれど……なにやら悪いです。女将さんには、いつもいただいてばかりで」

「純太さん、遠慮しないで。素直に受け取ってくれたほうが、私も嬉しいのよ」

里緒に優しい目で見つめられ、純太は含羞《はにか》みながら頷く。

「ありがたくいただきます。元気が出そうです」

「お腹は空いていないの？　少し食べてみる？」

「あ……はい。食べてみたいです」

二人は微笑み合う。里緒が海老煎餅を渡すと、純太は音を立てて齧《かじ》り、目を細めた。

「芳《こう》ばしくて美味しいです。海老の風味が凄くしますね」

車海老《くるまえび》の頭と殻《から》を粉々にして、ご飯と塩と醤油とで混ぜ合わせ、平たく形作って焼き上げるこの煎餅は、雪月花のお客たちにも好評だ。純太に喜んでもらえて、里緒も嬉しかった。

純太はあっという間に一枚食べ、甘酒饅頭もぺろりと一個食べてしまった。

「それだけ食欲があるなら、大丈夫ね。しっかり食べて力をつければ、治りも早くなるわ」

「はい。ありがとうございます」

純太は照れ臭そうに、頬を仄《ほの》かに染める。

里緒は純太に搔巻《かいま》きをかけ直し、胸元をそっとさすった。

有明堂を出て雪月花に戻る途中、里緒は大きく息をついた。曇り空が広がり、蒸し暑い。なにやら一雨きそうだ。

このような空模様の時は、隅田川も、向島《むこうじま》の景色も、どんよりとして見える。

――近頃、また、この通りで妙なことが起きているわ。

里緒の心の中に、もやもやとしたものが広がっていく。昨年（文化三年）の晩秋の頃、せせらぎ通りの者たちが巻き込まれる事件が相次いだのだ。

――よからぬことにならなければいいけれど。

里緒は隅田川に目をやりながら、額にじんわりと浮かぶ汗を、手ぬぐいで拭った。

里緒の話を聞いて、吾平が盛田屋へと向かった。間口七間（およそ一三メートル）の盛田屋の長暖簾《ながのれん》を掻き分けると、若い衆たちが威勢よく迎えてくれた。吾平は訊ねた。

「せせらぎ通りの蠟燭問屋の丁稚を助けたってのは、誰だい？」

すると大柄な民次《たみじ》が「こいつです」と、順二《じゅんじ》を指差した。順二は齢二十、喧《けん》嘩《か》が滅法《めっぽう》強いところが寅之助に買われている。順二は怪我一つしなかったようだ。

吾平は順二に声をかけた。

「ご苦労だった。ちょっと訊きたいことがあるんだが」

「いいっすよ」

順二が頷く。民次が二人を中へと連れて行った。

内証《ないしょう》へ通されると、吾平は寅之助と順二に向かって頭を下げた。

「順二のおかげで、丁稚の命が助かりました。心より礼を言います」

「いえ。当然のことをしたまでですから」

順二は照れ臭いのだろう、ぶっきら棒に答える。寅之助は神妙な面持ちだった。

「でもよ、丁稚は怪我をしちまったみたいだな」

「足を挫きましたが、それで済んでよかったですよ。怪我なら治りますから」

「順二の話によると、大八車が暴走したみたいだもんな。もっと大きな事故が起きても不思議ではなかっただろう」

吾平は順二に、その時の様子を詳しく訊いた。順二の目にも、大八車の様子は奇妙に映ったようだ。

「車引きは二人で、なんだかもの凄い勢いで突っ走ってきたんですよ。通りを歩いていた人たちは驚いて、叫び声を上げて身を躱《かわ》していました。丁稚はちょうど店から出てきたところで、巧《うま》く躱せなかったんです」

「お前さんが突き飛ばさなければ、直撃されていたよな」

「だと思います」

「足を挫くぐらいでは済まなかっただろうな」

寅之助が声を低める。吾平は眉根を寄せた。

「車引きは二人だったのか。どんな奴らだった」

「菅笠を目深に被っていたんで、顔はよく見えませんでしたが、二人とも逞《たくま》しい躰つきでした」

大八車をそのように扱えるのだから、力がある者たちなのは確かであろう。

「どちらのほうに逃げていったんだ」

「一人は花川戸町のほうに、もう一人は浅草寺のほうへ走っていきました。花川戸に向かった奴を追いかけたんですが、途中で見失っちまって。すみません」

項垂《うなだ》れる順二の肩を、吾平が叩いた。

「いや、よくやってくれたぜ。本当にありがとな」

寅之助が口を挟んだ。

「積んでいた米俵はどこの店のものだったんだろう。その店が分かれば、車引きも突き止められるんじゃねえか」

「それが、どこの店のものか分からないみたいなんですよ。大八車も然《しか》りです」

寅之助は煙管《キセル》を燻《くゆ》らせ、首を傾げた。

「おかしな話だなあ」

「そうっすよね。何か、妙です」

順二も腕を組む。吾平は顎を撫でつつ、告げた。

「何者かがわざと起こしたということも、あり得ますな」

順二は目を見開き、寅之助は顔を顰《しか》めた。

「あんたらも注意したほうがいいぜ。女将にそう伝えてくれ。せせらぎ通りには、こっちも気をつけておくからよ」

「よろしくお願いします」

吾平は再び深く礼をし、たくさんの海老煎餅と甘酒饅頭を置いて、盛田屋を後にした。

第二章　千里を視《み》る花魁《おいらん》

一

土用《どよう》の間には、暑気払いを兼ねて桃湯《ももゆ》に入る慣《なら》わしがある。雪月花でも土用から来月の末まで、桃湯を楽しんでもらうことにした。

弥生《やよい》（三月）の上巳《じょうし》の節句でも桃湯を振る舞って好評だったが、暑い時季にはいっそう喜ばれる。桃の葉を煮出した汁は、あせもや虫刺され、日焼けなどに効き目があるからだ。美肌の湯と揉み療治と甘味を求めて、昼の刻に訪れる女のお客たちは後を絶たない。

里緒たちは《昼下がりの憩い》のもてなしには、一日に多くて四人までしか迎え入れることができない。せっかく来たのに入れなかったと、がっかりした顔で帰っていく女たちもいる。二階の部屋が空いている時はそこで、満員の時は一階の広間を使ってもらっていた。

桃湯で汗を流し、お柳の巧みな揉み療治で凝《こ》りをほぐしてもらい、桃がたっぷり入った寒天《かんてん》を味わって、女たちは恍惚《こうこつ》とするのだった。

文月《ふみづき》（七月）は暦の上では秋だが、まだ暑さは残っている。里緒は、白練《しろねり》色の絽の着物に撫子《なでしこ》色の帯を結んだ楚々《そそ》とした姿で、しなやかに振る舞う。

「女将はいつ見ても涼しげだねえ」

お客に目を細められ、里緒は嫋《たお》やかに礼をするのだった。

お客たちの前では一滴の汗も見せない里緒だが、帳場では足を崩して扇子や団扇を扇いでいる。開けた格子窓から、時折風が吹き込んでくるのが心地よいが、喧《かまびす》しい蟬の啼き声はいっそう暑さを掻き立てた。

「女将、大丈夫ですか」

吾平に訊かれ、里緒は笑顔で頷いた。

「ただ暑いだけで、元気よ。食欲もあるし」

「朝餉もしっかり召し上がっていましたものね」

「うちの者たちは食欲だけはなくならないわよね」

微笑み合っているところへ、幸作が帳場の入口にかけた長暖簾を掻き分けて、顔を出した。

「暑気払いに召し上がってください」

差し出された器を眺め、里緒は歓喜の声を上げた。形よく切り分けられた桃が盛られていたのだ。皮が剝かれた桃は、白く艶々《つやつや》と輝いている。

早速一切れ食べると、みずみずしい甘みが口の中に広がる。芳《こう》ばしい香りと、溢《あふ》れる果汁にうっとりしつつ、里緒は呟いた。

「まさに極楽の味わいだわ」

幸作と吾平は目と目を見交わし、笑みを浮かべる。幸作が下がると、吾平も桃を味わった。

「これは旨いですな」

「食べている時は、暑さを忘れてしまいそうね」

「まことに」

蟬の啼き声はますます大きくなるも、二人は桃のおかげで涼《りょう》を取ることができた。

七夕《たなばた》が近づくと、笹竹《ささだけ》売りの声が響き渡るようになる。お初が買いに走ったが、笹竹を飾るのは六日の夕方なので、それまでは広間の隅に立てかけておくことにした。

朝餉を食べ終えた頃、半太と亀吉が雪月花を訪れた。二人とも険しい顔をしているので、出迎えた里緒は眉根を微かに寄せた。

「何かあったのですか」

「この近くのこおろぎ長屋で、明け方、妙な臭いの騒ぎがあったんです。死者は出なかったものの、具合が酷《ひど》く悪くなる人が多くて、今、たいへんなことになっています」

半太が答えると、里緒は目を見開いた。

「何か危険な臭いだったのかしら」

「はい。暑いので戸を少し開けて寝ていた家が多かったみたいで、変な煙を吸い込んだのではないかと察せられやす。それで、せせらぎ通りの皆さんにも気をつけていただきたく、報せに参りやした」

里緒は亀吉に頷いた。

「かしこまりました。早速、皆様に伝えておきます。……でも、変な煙って、どういうものかしら」

半太が答えた。

「おいらたちにも、よく分からないんです。長屋の皆さんは相当苦しんでいて、もうすぐ山川の旦那もお見えになりますから、よく調べてもらおうと思います」

「それほど酷い状態なの？」

「はい。皆、ひきつけや震え、吐き気が止まらないようです。お医者に診てもらっていますが、原因《ワケ》がよく分からないから、お医者も困ってしまっていて」

「お医者でも、皆が吸い込んだものが分からないのね」

「そのようです。恐らく、毒の煙みたいなものだったのではないかと、あっしたちは察しておりやすが」

「毒の煙……」

里緒は亀吉から聞いた言葉を繰り返し、肩を竦めた。

「煙というのが怖いわね。いつどこから入ってくるかも分からないような感じで」

「それゆえ、くれぐれもお気をつけください」

「誰かがそのような煙を作って、撒《ま》いたというのかしら」

「今のところはそうとしか考えられやせんが、調べたらほかにも分かるかもしれやせん。何か摑《つか》んだら、また報せに参りやす」

「ありがとうございます。山川様にも、よろしくお伝えください」

「かしこまりました」

半太と亀吉は一礼し、こおろぎ長屋へと戻っていった。

神妙な顔で佇《たたず》んでいる里緒に、帳場から吾平とお竹が出てきて声をかけた。

「聞こえていました。なにやら不穏なことが続けて起きますな」

「亡くなった方がいらっしゃらなかったのが、救いですね」

里緒は溜息をついた。

「でも、それほど具合が悪いのならば、まだ油断はできないわよ」

「まあ、そうですね。しかし、いったい何だったんでしょう。長屋中の人たちの具合を悪くさせるような煙、って」

お竹は首を傾げる。吾平が里緒に告げた。

「ちょっと行って、様子を見てきます。すぐに戻ってきますんで」

言うなり、吾平は下駄を突っかけ、外へ出ていく。里緒とお竹はその背に向かって、声をかけた。

「気をつけてね」

吾平は振り返らずに片手を上げ、急ぎ足で長屋へ向かった。

吾平が出ていった後、里緒はお栄たちにも注意をするよう告げた。

「もし、どこからか変な臭いがしたら、すぐに教えてちょうだいね」

「かしこまりました」

お栄とお初は頷きつつ、身震いをする。皆が顔を強張《こわば》らせているところへ、幸作が料理を運んできた。

「これでも味わって、落ち着いてくださいな」

なんとも涼しげな、葡萄《ぶどう》がたっぷり詰まった寒天だ。その麗しい見た目と、芳しさに、女たちの面持ちがほぐれる。

匙で寒天を掬い、口へと運ぶ。甘酸《あまず》っぱい葡萄の味に、里緒たちは目を細めた。

少しして吾平が戻ってきて、帳場で麦湯を味わいつつ、長屋の様子を告げた。

「皆、ぐったりして、寝込んでいました。呻《うめ》いたり、時折、奇声を上げる者もいて、医者もたいへんそうでしたよ。でも、皆、命は助かりそうなので、それはよかったのですが……」

里緒とお竹はひとまず胸を撫で下ろす。だが里緒は腑に落ちず、首を傾げた。

「いったい何があったのかしら」

「山川の旦那がお見えになったんで、訊いてみましたら、長屋の裏に何かを燃やした跡が薄ら残っていたようです。その煙を吸い込んでしまったと、見られているようですよ」

「何を燃やしたんでしょうね」

お竹が訊ねると、吾平も首を捻った。

「それが分からないみたいだ。足で踏みつけるなどして、その跡もできる限り消してしまっていたようでね」

里緒は息を呑んだ。

「では、故意に騒ぎを起こしたということよね。もしや、何か容《い》れ物に入れて燃やしたのかもしれないわ。そして煙を撒き散らし、騒ぎが広がる前に、容れ物ごと持って逃げてしまったのでは」

「すると跡はそれほど残りませんね」

お竹が神妙な顔で頷く。吾平が姿勢を正した。

「女将が仰《おつしや》るように、何者かが煙を撒いたのでしょうね。旦那曰く、それゆえ、くれぐれも気をつけてほしいとのことです」

お竹が身を乗り出した。

「もしや、阿片《あへん》みたいなものを燃やしたんでしょうか。阿片は薬にも使われますが、大量に使えば毒になりますよね」

「どうなんだろうな。医者の診立てでは、阿片ではないようなことを言っていたが。まだはっきり分かっていないが、もっと毒性があるものなのかもしれない」

「阿片より怖いものなのね」

里緒は顔を強張らせる。

「山川の旦那にしっかり調べてもらいましょう」

吾平は苦々《にがにが》しい面持ちで、麦湯を啜った。


七夕の日には、里緒は梶《かじ》の葉の模様が染め抜かれた着物を纏った。織姫《おりひめ》は、またの名を梶の葉姫ともいう。その名にちなんで、古くは梶の葉に和歌を書いて織姫を祀《まつ》った。そのような慣《なら》わしが、短冊《たんざく》に願い事を書く慣わしへと変わっていったのだ。
梶の葉は大きくて少し変わった形なので、その模様の着物は、優美というより
は粋《いき》な雰囲気だ。里緒は粋を纏った姿で、朝からしゃきしゃきと女将を務めた。
お客たちに朝餉の膳を運ぶ時、里緒やお竹は短冊も一緒に渡した。
「夕方頃、笹竹に飾らせていただきますので、それまでに願い事をお書きになっ
てください」
「おお、それは風流だ」
お客たちは喜び、朝餉を味わいながら、願い事を考え始める。膳に並んでいる
のは、ご飯、冬瓜《とうがん》と豆腐の味噌汁、鰯《いわし》の塩焼き、里芋《さといも》の煮物、大葉の醤油漬け、
納豆だ。
大葉の醤油漬けは、特に好評である。下《お》ろした大蒜《にんにく》と白胡麻・少しの砂糖・
塩・醤油・味醂・胡麻油を併せて作ったタレに、大葉を丸ごと漬け込んで作る。
半刻《はんとき》（およそ一時間）も馴染《なじ》ませれば、味が染み入る。
その大葉でご飯を包んで味わい、お客たちは唸った。
「これは最高だ」
「恐れ入ります」

醤油漬けに使う大葉も大蒜も、里緒たちが育てたものなので、褒《ほ》められると素直に嬉しい。

お客は箸を動かしつつ里緒の着物に目をやり、微かな笑みを浮かべた。

「今日は天気がよさそうだから、彦星《ひこぼし》と織姫も会えそうだな」

「そうだとよろしいですね」

里緒はゆっくりと、お客を団扇で扇いだ。


七夕の日は、年に一度の井戸浚《さら》いの日でもあるので忙《せわ》しい。笹竹を飾る前に、それを必ず終えなければならないのだ。井戸浚いとは、つまりは井戸の大掃除のことである。井戸の水をできるだけ汲《く》み出した後に、底に溜まった塵《ちり》を取り除き、井戸の内側を洗うのだ。

七夕には、江戸中で一斉にこの井戸浚いをする。江戸の井戸は地下ですべて繫《つな》がっているので、一斉にしなければ意味がないからだ。この暑い時季に清潔で美味しい水を飲むために、皆、井戸浚いに尽力する。

七夕の日に井戸浚いをするのは、七夕の本来の意味が、数日後に訪れる盂蘭盆《うらぼん》の祓《はら》えの儀式でもあるからだろう。伝染病や食中りが多くなるこの時季、井戸浚いは水を清める儀式ということだ。

しかしながら深い井戸に潜って作業をすることは、なかなか骨が折れる。そこで雪月花では毎年、口入屋の盛田屋に頼んで、井戸浚いの職人に来てもらっていた。

発つお客たちを送り出し、掃除を終えて一息つく四つ半（午前十一時）頃、その職人たちが訪れたので、早速裏庭へ案内し、井戸を清めてもらった。職人たちは三人で、手際よく仕事をする。それを眺めつつ、里緒は息をついた。

「さすがね。吾平でもできないことなのに」

「感謝しませんとね」

お竹の言葉に、里緒は大きく頷いた。

井戸浚いが無事に済んで職人たちが帰ると、里緒をはじめ雪月花の皆が裏庭に集まり、井戸に向かって手を合わせた。

「これからまた一年の間、どうぞよろしくお願いいたします。よいお水を私たちにお恵みください」

皆で声を揃《そろ》えて祈る。幸作も熱心に唱えている。美味しい料理を作るには、清らかな水は、なくてはならないものだからだ。

目を開けた時、里緒には、綺麗になった井戸に光が差しているように見えた。満作《まんさく》の木の青葉の間から、木漏れ日が注いでいる。満作の木は、里緒の両親と祖父母が好きで、植えたのだ。

青葉を見上げながら、皆で笑みを交わし合った。


夕方になると、笹竹を旅籠の前に立て、皆で飾りつけをした。短冊だけでなく、酸漿《ほおずき》の茎を麻縄に差し込んだものや、里緒たちが折り紙で作った鶴や人形、財布なども飾る。

鶴には長寿、人形には裁縫の上達、財布には金運の願いを籠《こ》めた。

お客たちに書いてもらった短冊も飾りつけ、華やかになった笹竹を眺めて、里緒は笑みを浮かべる。もちろん里緒たちが書いた短冊も吊るした。里緒は《皆が健やかでありますように》と、吾平たちは《開運招福》《商売繁盛》などと記した。

この時季は暮れ六つでもまだ明るく、六つ半（午後七時）近くになってようやく日が暮れる。その頃になると、玄関を上がったところに置いてある大きな行灯に、火を灯《とも》す。この行灯にも雪月花の名が書いてあり、それが浮かび上がる様には、穏やかな風情がある。

里緒は幼い頃から、この行灯を眺めるのが好きだった。お客の心にほんのり明かりを灯すことができる旅籠にしたいと、里緒は改めて思った。


五つ（午後八時）を過ぎた頃、隼人が訪れた。

「いらっしゃいませ。お待ちしておりました」

里緒は三つ指をつき、淑やかに迎える。梶の葉模様の着物を纏った里緒を眺め、隼人は頰を緩めた。

「先月からこのあたりで、なにやら騒ぎが続いているからな。一言、気をつけてくれと言いたくて、来たって訳だ」

「お気遣い、ありがとうございます」

「里緒さんの元気な顔を見られて安心したぜ。今日もご苦労だった。夜はゆっくり休んでくれ」

隼人は笑顔で里緒に頷き、立ち去ろうとした。すると帳場から吾平が出てきて、大きな声をかけた。

「おや。旦那、帰っちまうんですかい。ずいぶんつれないじゃありませんか」

「そうですよ。七夕の夜だっていいますのに」

お竹も現れ、隼人を引き留める。

「七夕だから、いっそう厚かましいんじゃねえかと思ってよ」

眉を八の字にする隼人に、里緒が微笑んだ。

「隼人様、お上がりください。……騒ぎがあった、こおろぎ長屋のこともお伺いしたいですし」

里緒に見つめられ、隼人は頰を軽く搔いた。

「うむ。長居はしねえよ」

「ご遠慮なさらず」

里緒はおもむろに立ち上がり、隼人の黒羽織の袂《たもと》をそっと摑む。隼人は照れつつ上がり框《かまち》を踏み、里緒に導かれて廊下を進んでいった。

里緒の部屋に通されると、隼人は仏壇に向かい、線香をあげて手を合わせた。仏壇には、清々《すがすが》しい彩りの桔梗《ききょう》の花が飾ってあった。

「もうすぐ盂蘭盆《うらぼん》だな」

里緒を振り返り、隼人が言う。

「はい。月日が経つのは早いものです」

二人は頷き合った。

隼人を座らせると、障子窓を少し開け、里緒は部屋を出た。板場へと行き、手際よく、隼人をもてなす料理を作る。それを盆に載せて戻ると、隼人は金魚を眺めていた。

「お待たせしました」

里緒が声をかけると、隼人は水鉢から膳に目を移し、瞬きをした。

「これは美しい」

里緒は黒磁《こくじ》の皿に、素麺《そうめん》を天の川に見立てて流れるように盛りつけ、星を象《かたど》った胡瓜と人参を鏤《ちりば》めた。まさに七夕素麺の趣で、隼人の顔もほころぶ。

薬味には千切りにした茗荷《みょうが》と大葉、擂《す》り下ろした生姜《しょうが》が添えられ、胡麻《ごま》ダレにつけて味わう。里緒は、夕餉のあまりの煮穴子《にあなご》も一切れ、皿に載せて出した。

七夕に素麺を食べるのは古くからの慣わしで、無病息災《そくさい》を祈り、邪気を払うという意味がある。

隼人と里緒は仲よく素麺を味わった。音を立てて啜りながら、隼人が唸る。

「こりゃ旨いな。薬味も利いている。里緒さんたちが育てたのかい」

「大葉は」

「大したもんだ。売り物になるぜ」

夜風に吹かれながら、二人は微笑み合う。

「いくらでもいけるな」

「お代わりございますよ」

「悪いな……と言いつつ、もらえるかい」

隼人は照れながら皿を差し出す。

「少しお待ちくださいね」

里緒は笑顔で受け取り、板場へと再び向かった。

お代わりとともに酒も持って、里緒は戻った。隼人は、今度は素麺に煮穴子も載せて頰張《ほおば》った。ふっくらとしているが、夏の穴子は脂《あぶら》が少ないので、さっぱりと味わえる。

食べ終えて満足げに酒を啜る隼人に、里緒は訊ねた。

「こおろぎ長屋の皆さんは、如何《いかが》でしょうか」

「うむ。だいぶよくなってきているが、年寄りたちはまだ臥《ふ》せっているな。いったい誰が何のために、したことやら」

「あの長屋に、恨みを持つ人でしょうか」

隼人は眉根を寄せ、腕を組んだ。

「その線でも調べてはいる。だがな。先月から、この山之宿町で続けて騒ぎが起きているってのは、なにやらおかしい」

「私もそう思うのです。棒手振りから心太《ところてん》を買った人たちが中ったのを皮切りに、秋月堂さんが美人局に遭い、丁稚の純太さんが大八車で轢かれそうになり、そして今回の長屋の騒ぎ。考え過ぎかもしれませんが、どこかで繫がっているような気がして仕方がないのです」

里緒は大きな溜息をつく。隼人は顎を撫でつつ、目を泳がせた。

「やはり、何者かがこのあたりの者たちに嫌がらせを仕掛けているってことなんだろうか」

「まさか……錦絵《にしきえ》通りの人たちではありませんよね」

錦絵通りとは、隣の花川戸町にある。その通りの者たちは、せせらぎ通りに張り合っていて、雪月花の名をあからさまに真似た〈風月香《ふうげつか》〉などという旅籠まで建っている。

昨年、せせらぎ通りの人々が巻き込まれた事件の時にも、錦絵通りの者たちが疑われた。結局その者たちの仕業《しわざ》ではなかったが、薄らと怪しげな臭いは残った。それゆえ、錦絵通りの者たちが何かを仕掛けてきているとしても、不思議ではない。

隼人は里緒を真っすぐに見た。

「錦絵通りの奴らって線は、あり得なくはねえから、いずれにせよ気をつけておいてくれ。だがな、里緒さん。もう決して、一人で探索になど行かねえでくれよ。今度こそ本当に何かに巻き込まれるかもしれねえからな」

「はい。……絶対にいたしません」

里緒はバツの悪そうな面持ちで、項垂れる。以前、一人で錦絵通りを探りにいき、後々隼人に叱られたことがあったのだ。実はその時、盛田屋の若い衆の順二が里緒を尾《つ》け、見張っていたのだが、里緒は隼人に知らされるまで、そのことにまったく気づいていなかった。

推測は得手《えて》だが探索は不得手《ふえて》だと隼人に呆《あき》れられ、里緒は自分でもそう思い、反省したものだ。

隼人は苦笑した。

「まったく、隙《すき》あれば、里緒さんは兎みてえに飛び跳ねていくからな。それゆえ俺も目が離せねえって訳だ」

「まあ」

二人は微笑み合う。

里緒は帯から扇子を引き抜き、隼人をゆっくりと扇いだ。扇子には紅色の牡丹《ぼたん》と、青い孔雀《くじゃく》が描かれている。扇子に染み込んだ白檀の香りが、ふんわりと漂う。

隼人は心地よさそうに麦湯を啜った。

「錦絵通りの者たちには、こちらでも目を光らせとくぜ。この前は俺たちの勘違いだったが、今度こそ本気で嫌がらせをしてこようと策を練《ね》っているのかもしれねえからな」

「心太売りや、秋月堂さんや純太さんを襲った者は、まだ見つかっていないのでしょうか」

隼人は頭を下げた。

「面目ねえ。いずれも手懸かりが摑めずにいる。情けない限りだ」

「この一連の騒ぎが、本当に山之宿への嫌がらせならば、それを企《くわだ》てた者の手下たちの仕業とも考えられますね」

「里緒さんの言うとおりだと、俺も思う。これだけ手懸かりがないところを見ると、いずれの騒ぎも、かなり策を練ってから起こしたんじゃねえかな」

「考えますに……錦絵通りの人たちなのか、あるいは別の者たちなのか。どちらなのでしょう」

里緒は指を顎にそっと当てる。隼人は首を捻った。

「錦絵通りの者たちでないとすれば、いったい、どういった奴らなんだろう。いずれにせよ、悪党どもはどうにかして必ず見つけ出すから、もう少し辛抱《しんぼう》してくれ」

隼人に見つめられ、里緒は頷く。

里緒に酒を注がれながら、隼人は不意に言った。

「ところで、亀吉を信州に行かせることにした。里緒さんのご両親の信州での足取りを辿《たど》ってもらうためだ」

里緒は躊躇《ためら》った。

「ありがたいことですが、本当によろしいのでしょうか。江戸の町では次々に様々なことが起きて、お忙しいと存じますのに。信州など、遠いところにまで探りにいっていただいて」

「確かに江戸の町の治安も心配だが、里緒さんのご両親のことはやはり気懸かりだからな。本当は俺が直接行って探りたいんだが、立場上、江戸を離れることができねえ。すまねえな、里緒さん」

「そんな……謝らないでくださいませ。勝手なお願いをしたのは、私なのですから」

「いや、ずっと思っていたんだ。実際に信州に行けば、何か新しく分かるのではないかとな。ご両親が諏訪に湯治にいったというのは、確かなんだよな」

「はい。そう告げて発ちました。旅先について嘘を言うことはないと思います」

「ならば、亀吉に諏訪の温泉宿を隈《くま》なくあたってもらおう。必ず何かの手懸かりがあるはずだ。どうしてその時、ご両親は突然、信州に向かったのか。その謎が分かるかもしれねえ」

里緒は息を呑み、頷く。隼人は里緒の肩に、大きな手でそっと触れた。

「少し時間はかかるだろうが、待っていてくれ。何か摑んだらすぐに文に書いて報せろと、亀吉に言っておく」

里緒の目が不意に潤む。

「隼人様、ありがとうございます。これほど親身になって考えてくださって」

「いいってことよ。里緒さんにはいつも助けてもらっているからな。少しぐらいはお返しさせてくれ」

隼人に微笑まれ、里緒は泣き笑いのような面持ちで、目元を拭った。

信州に赴《おもむ》いて探ってみたいと、里緒も考えたことがあるが、やはりできなかった。信州は遠いので、里緒一人で行くのは無理だ。吾平かお竹の、おつきの者が必要となる。すると雪月花で働く者たちから二人が抜けることになり、それでは旅籠の仕事が回らなくなってしまう。それゆえ里緒は、諦《あきら》めていたのだ。ところが隼人が、亀吉を信州に向かわせることを考えてくれた。それは里緒にとって、震えが走るほどに嬉しいことだった。

部屋を出る時、隼人が里緒に告げた。

「素麺、実に旨かった。じゅうぶんだったが、ほかにも旨い食べ方があるんだ。知っているかい」

「どのような食べ方ですか？」

首を傾げる里緒に、隼人は耳打ちする。里緒は目を丸くした。

「まあ。素麺をそのようにして食べるのは、初めて聞きます。今度、試してみますね」

「やってみてくれ。簡単かつ絶品だからよ」

二人は笑顔で話しつつ、表へと出た。

「お見送りさせてください」

「ありがとよ」

夜空に瞬く星々を、二人で暫し眺める。

「彦星と織姫は会えただろうな」

「ええ」

微笑み合った後、隼人は笹竹に目を移した。

「これから片付けるのか」

「はい。隼人様がお帰りになるまでは飾っていようと」

「俺も願い事をしていいかい」

「もちろんです。短冊をお渡しせず、失礼いたしました」

頭を下げる里緒の肩を、隼人は優しく叩く。隼人は笹竹に向かって何か願い事をすると、目を開けて、里緒を見つめた。

「明日の朝一番で、亀吉を向かわせる」

「よろしくお願いいたします」

隼人は大きく頷き、帰っていった。

里緒は旅籠の前に佇み、隼人の背中が見えなくなるまで、見送る。笹竹の葉が夜風に揺れて、微かな音を立てていた。

二

文月九日と十日には、四万六千日《しまんろくせんにち》の縁日が開かれる。特に十日は、四万六千日分の功徳《くどく》があるとされることから、そう呼ばれている。四万六千日といえば年に換算しておよそ百二十六年なので、つまりは一生分の功徳を得ることができる縁日という訳だ。

里緒の使いでお栄とお初が浅草寺の縁日へ行き、鉢植えの酸漿と赤い玉蜀黍《とうもろこし》を買ってきた。数日後にはお盆を迎えるので、酸漿は盆棚《ぼんだな》に飾るのだ。

縁日の屋台で売られている赤い玉蜀黍には、落雷除《よ》けのお守りになるという言い伝えがある。雷が苦手な里緒は、毎年、四万六千日には赤い玉蜀黍を食べて祈願をしていた。

幸作は、お栄たちが買ってきたものを茹《ゆ》でてから適度な大きさに切って、西瓜《すいか》とともに皆に配った。

玉蜀黍には濃紅《こいくれない》色の粒がびっしりと並んでいて、ところどころに赤紫色の粒も混ざっている。芳ばしくもみずみずしい香りに、里緒は目を細めた。早速、手で摑んで齧《かじ》る。玉蜀黍を美味しく食べるのに、行儀よくなどとは言っていられない。西瓜だってそうだ。

赤い玉蜀黍の味は、普通の玉蜀黍とそれほど違わないが、食感はもっともっちりとしている。帳場で涼みつつ味わいながら、お竹がしみじみと言った。

「赤いものって、暑い季節にぴったりですね」

「暑さに負けぬ、力を秘めているのよ」

「だから食べると元気が出てくるんでしょうか。赤い玉蜀黍、お客様にお出ししてもいいかもしれませんね」

「そうね。この食感ならば、炊き込みご飯に使ってもよいのではないかしら」

「それ、きっと喜んでいただけますよ」

「お赤飯みたいな見た目になりそうね」

二人は風鈴の音を聞きながら、微笑み合った。

十三日から十五日までは、お盆の時期である。里緒たちは広間に盆棚をこしらえた。

低い机に白い布をかけて、真菰《まこも》の盆ござを敷き、それを杉の葉と青竹で組んだ籬垣《ませがき》で囲う。四隅には青竹を立て、その間に茅《ちがや》の縄を張り巡らせる。縄目には酸漿の実や栗の葉を挟み、素麺を垂らす。

そのようにして作った棚の上に、ご先祖様の位牌、香炉《こうろ》、お供え膳、盆花などを並べる。

盆棚の飾りは、朝早く、お栄とお初に草市《くさいち》で買ってきてもらった。盆花には金糸で作った蓮華《れんげ》と生花が使われるが、生花には菊を選んだ。花器にはミソハギ、青酸漿《あおほおずき》、ススキの若穂を挿《さ》し、赤酸漿の鉢植えも飾る。

お供え膳の親椀には白いご飯を、汁椀には栄螺《さざえ》の吸い物を、平椀には里芋の煮物を、壺椀《つぼわん》には隠元豆《いんげんまめ》の胡麻和《あ》えを、高皿《たかざら》には茄子の漬物を盛った。いずれも、里緒の祖父母や両親が好きだったものだ。これらはすべて里緒が作った。

ほか、精霊馬《しょうりょううま》も作って供えた。精霊馬とは、茄子と胡瓜に麻幹《おがら》で足をつけて牛と馬に見立てたものだ。ご先祖様があの世とこの世を滑らかに行き来するために作られる。この世には馬に乗って速やかに来てもらい、あの世には牛に乗ってゆっくり戻ってもらいたいという思いが籠められる。

素麺を供えるのは、精霊馬の手綱《たづな》代わりになるためだ。素麺には、ご先祖様があの世に帰る時、お供え物としてもらった多くの荷物を縛る紐の役割もある。ご先祖様は素麺の紐で縛った荷物を背負って、帰るのだ。

ほかにも、素麺には、細く長く幸せが続く、疫病《えきびょう》に罹《かか》らない、などの意味が籠められている。古くから素麺を食べると疫病に罹らないと言い伝えられ、平安《へいあん》の頃の宮中行事の七夕でも索餅《さくべい》（素麺の前身）が厄除けとして供えられていた。

飾りつけを終えると、雪月花の一同で、黙禱《もくとう》した。お線香の香りが広がる中、里緒は熱心に亡き両親、祖父母へと語りかけた。


十三日の夕刻には、旅籠の前で、皆で迎え火を焚《た》いた。雪月花の名が書かれた軒行灯の近くに、菊と桔梗が描かれた灯籠《とうろう》を吊るす。それを灯すと、花の絵柄が美しく浮かび上がった。ご先祖様が道に迷わないための目印となる。

地面にほうろくを置き、麻幹《おがら》を折って燃やす。麻幹とは、麻の皮を剝《は》いだ茎《くき》のことだ。宵空にゆらゆらと立ち上っていく煙を眺めながら、里緒は祈った。

――お父さん、お母さん、お祖父《じい》さん、お祖母《ばあ》さん、早く帰ってきてくださいね。

宵空には既に丸みのある月が浮かんでいる。月明かりに包まれながら、雪月花に戻ってきてくれそうだった。


この時季に雪月花を訪れているのは古くからのお客が多く、立ち代わりに盆棚を拝みにきた。お客たちから、両親や祖父母の逸話を聞き、里緒は心を和《なご》ませる。せせらぎ通りの人々も代わる代わる訪れ、里緒の両親と祖父母の冥福《めいふく》を祈ってくれた。お盆の間には、里緒もお供え物を手に、通りの人たちの家を回るのだった。

十四日の夕刻に、叔母《おば》夫婦が訪れた。母親の珠緒の妹の、珠江《たまえ》である。お盆はいつも、お客として泊まってくれるのだ。ちなみに父親の里治は一人息子で、兄弟はいなかった。

「遠いところお越しくださり、ありがとうございます」

丁寧に礼を述べる里緒を眺め、珠江は目を細める。里緒は叔母夫婦と、広間で語り合った。

「本当は娘たちも連れてきたかったんだけれど、それぞれ忙しいみたいで叶《かな》わなかったの。ごめんなさいね」

珠江と伸二《しんじ》夫婦には、娘の佳江《よしえ》と、息子の伸一郎《しんいちろう》がいて、里緒のいとこにあたる。

珠江に謝られ、里緒は首を大きく横に振った。

「とんでもありません。所帯を持ったら、いろいろお忙しいのは分かっております。特に佳江さんには、赤ちゃんが生まれたのですもの。……久しぶりにお会いしたかったですが」

佳江と伸一郎は、ともに里緒より年下だが、既に所帯を持っていた。

珠江はお茶を啜りつつ、里緒を見つめた。

「ねえ、あなたは所帯を持つ気はないの」

唐突《とうとつ》に訊ねられ、里緒は目を瞬かせるも、毅然《きぜん》と答えた。

「今のところは考えておりません。両親が遺してくれたこの旅籠を守り立てていくことで、精一杯ですので」

「そう……。でも、そろそろ決めたほうがいいとは思うのよ。もう二十五でしょう。姉もきっと、あなたが嫁ぐことを、希《のぞ》んでいるわ」

里緒は盆棚に目をやり、微かな笑みを浮かべた。

「私もずっとそう思っていて、自分を責めたこともありました。こんなにも早く両親と別れることになるのならば、せめて花嫁姿を見せてあげればよかったと。……でも、この頃、考えを改めたのです。まずは女将の務めをちゃんと果たし、そのうえで、そのような私を認めてくれる人と仲よくしていければいいのではないかと。父と母も、きっとあの世では、そう思ってくれているに違いありません」

珠江は溜息をついた。

「一理あるとは思うけれど。ちょっと自分に都合がよい考えのような気もするわ」

すると伸二が口を挟んだ。

「そうかな。俺は、里緒さんの言うとおりだと思うよ。親ってものは、なんだかんだと、子供が元気で生きていてくれることが一番嬉しいものだからね。女将を立派に務め、この旅籠をますます繁盛させているなんて、大したもんだ。義姉《ねえ》さんも驚き、義兄《にい》さんと一緒に喜んでいるよ」

珠江は伸二を横目で睨《にら》んだ。

「もう、お前さんったら、里緒さんには甘いんだから」

　伸二は苦笑いだ。珠江は里緒に目を戻し、真摯《しんし》な面持ちで告げた。

「あなたの気持ちは分かったわ。でもね、忘れないでほしいの。女将の仕事を頑張るのはいいけれど、女の幸せも大切なことなんだって」

「はい、叔母様」

　里緒は頷き、そっと目を伏せた。


　訪れる人が多く、お盆は慌ただしく過ぎた。十五日の夕方、送り火を焚く前に、隼人も半太をつれてやってきて、盆棚に手を合わせた。

　帰り際、隼人は里緒に告げた。

「機会があったら、今度は俺のところの仏壇も拝みにきてくれ」

　里緒の心に複雑な思いが広がって、すぐに答えることができなかった。仏壇を拝ませてもらいたい気持ちは山々だが、武士である隼人の役宅に上がるのは、あまりに厚かましいのではないかと。

　里緒は、ぎこちない笑みを浮かべ、返事をした。

「ご迷惑でなければ、いつか」

「何を言っているんだ。気軽に来てくれ」

隼人は一笑し、半太とともに雪月花を後にした。

旅籠の前で送り火を焚き、ご先祖様たちを見送ると、精霊《しょうりょう》流しをするため、里緒とお竹は隅田川の川べりへと向かった。小舟に供物《くもつ》と灯籠を載せて、流すのだ。

しかし里緒は、舟で流すのは灯籠だけにした。供物まで流すと、川が汚れてしまいそうだからだ。盆棚の飾りや供物は、お迎え屋と呼ばれる者に渡すことにしている。お迎え屋は十五日の夕刻から江戸市中を歩き回り、各家々から盆用品や供物を引き取っているのだ。里緒はせせらぎ通りの人々にも呼びかけていた。隅田川の美しい流れを守るために、供物などはお迎え屋に引き取ってもらいましょう、と。

里緒とお竹は川べりに佇みながら、隅田川を流れていく小舟を眺めていた。灯籠が灯る小舟の姿は、真に、彼岸《ひがん》へと帰っていく魂のようだ。

いくつもの小舟を浮かべた隅田川は、川面をぼんやりと明るくさせながら、揺れている。夜空には丸い月が、皓々《こうこう》と照っていた。

お盆が終わると、十六日は藪入《やぶい》りである。この日には、大名《だいみょう》屋敷や商家で働く奉公人が一斉に解放され、故郷や実家に帰ることを許される。

里緒もお栄とお初に帰郷を勧めたが、仕事が大切だからと、二人とも帰ろうとしない。二人はいつも長月《ながつき》（九月）の頃、別々に休みを取って故郷に戻っていた。

「お栄もお初も本当に働き者よね。見習いたいぐらいだわ」

里緒は帳場で足を崩し、溜息をつく。吾平が眼鏡をかけ直した。

「女将、お疲れですか。顔色があまりよくありませんよ」

「お盆にいろいろな方がお見えになったので、気疲れなさったんでしょう」

お竹が口を挟むと、里緒は小さく頷いた。

「別に気を遣っていた訳ではないけれど、皆様、お父さんやお母さんのことをお話しになるでしょう。いろいろ思い出して、考えてしまったのよ」

「よく務めていらっしゃいましたよ」

「なんだかんだと皆さん、感心なさっていましたもの」

お竹は団扇で里緒を扇ぐ。里緒は目を細め、額にそっと手を当てた。

すると帳場の入口の長暖簾が押し分けられ、お栄が顔を覗かせた。

「幸作さんが作ってくださった冷やし飴《あめ》を持って参りました」

冷やし飴とは、大麦と米で作った水飴を湯で溶き、下ろした生姜を加えて冷やした飲み物だ。

　里緒は目を瞬かせた。

「まあ、嬉しい。元気が出そう」

「お前たちも一緒にどうだ」

　吾平が誘うと、お栄は肩を竦めた。

「あ、ごめんなさい。お初ちゃんと一緒に、先にいただいてしまいました」

　ほんのり頬を染めるお栄を見て、里緒は微笑んだ。

　お栄には、休んでいた幸作を励ましてもらっていたが、どうやら二人は仲がよくなったようだ。

「遠慮しないでいいのよ。美味しかった？」

「はい、とっても！　是非お召し上がりになってください」

「ありがとう」

　お栄は一礼し、下がる。里緒たちは笑みを浮かべて、冷やし飴を味わった。

　幸作はおこし飴も作ってくれていたので、一息つくと、里緒はそれを包み分けて、ご近所へ配った。おこし飴とは、水飴を煮詰めて水気を飛ばし、固めた飴のことだ。

里緒は薄紫色の紙で包んだそれを、大怪我をした丁稚の純太にも渡しにいった。純太はだいぶ元気になっていたが、まだ、もとのように歩くことはできない。痛々しさは残っているが、純太は笑顔で里緒に礼を言った。

「いつも本当にありがとうございます。力が湧いてきそうです」

「無理をせず、ゆっくり治していってね」

里緒は純太の肩に、そっと手を置いた。

やいと屋の秋月堂も起き上がれるようにはなったが、仕事を再開するにはまだもう少し時間がかかりそうだった。

三

亀吉が信州へ向かって十日が経ち、半太が報せを持って雪月花を訪れた。

「兄貴が文を送ってきました」

亀吉が板橋宿を探ってみたところ、里緒の両親は行きも帰りも同じ宿に一泊したようだが、そこの主人夫婦とは旅のことなどはほとんど話さなかったらしい。それゆえ板橋宿では、里緒の両親の信州での出来事は摑めず、中山道《なかせんどう》を辿っているところだと記してあったという。

「文が届くには数日かかりますから、探索はもっと進んでいると思います」

里緒は半太を真っすぐに見た。

「お報せくださって、ありがとうございました。……ごめんなさいね。お仕事が忙しいのに」

「気になさらないでください。兄貴、それはもう意気込《いきご》んで発ちましたから。言ってましたよ。女将さんのご両親のご冥福のためにも、必ず絶対、真相を突き止めてみせる、って」

里緒は、半太に深々と頭を下げた。

「感謝の言葉もありません。よろしくお願いいたします」

半太が帰った後も、里緒は暫く玄関に佇んでいた。

そのような折、またも山之宿町の長屋で異臭騒ぎが起きた。前の時と同様、明け方に異様な煙が発生し、それを吸い込んで具合が悪くなったのだ。

長屋の人々は、眩暈《めまい》、痙攣《けいれん》、吐き気などに襲われ、揃って寝込んでしまった。

そのことを経師屋の茂市から聞き、里緒は眉を顰《ひそ》めた。

「またあったのですか。……どちらの長屋なのでしょう」

「団栗長屋のようですよ」

里緒は目を見開いた。揉み療治を務めてくれている、お柳が住む長屋だったからだ。

「山川様がお見えになって検分《けんぶん》なさったみたいですが、前の時と同じく、何かを燃やしたのではないかとお察しになっているようです。お役人様たちは町の者たちに、気をつけるよう呼びかけていらっしゃいます」

「分かりました。この通りの皆様にも、再びお伝えしましょう」

二人で分担して伝えることを約束し、茂市は帰っていった。

里緒は早速、注意を呼びかけに走った。それから戻ってくると、吾平とお竹と話し合い、お竹にお柳の見舞いにいってもらうことにした。

お竹は深い溜息をついた。

「心配ですねえ。具合がどの程度かは分かりませんが、暫くはお柳さんに揉み療治を頼めなくなりますね」

「そうね。お柳さんが快復《かいふく》なさるまでは、揉み療治のもてなしは中止しましょう」

里緒は肩を落とし、吾平は腕を組む。

「こおろぎ長屋の者たちは、年寄り以外は快復したみたいですからね。運悪く煙を吸い込んでも、数日経てば治るってことでしょう」

お竹は顔を顰めた。

「でもやっぱり、危ない煙なんて吸い込みたくないですよ。治ったように見えても、後になって具合が悪いところが出てくるかもしれないじゃないですか」

「お年寄りの皆さんは、大丈夫なのかしら」

「今のところは床に臥せっているだけで済んでいるようですが、少し経ってみないと分かりませんよね。容態が急に変わるかもしれませんせん」

吾平の話に、里緒は肩を竦める。

「とにかく、気をつけるに越したことはないわね」

里緒の言葉に、吾平とお竹は大きく頷いた。


お竹はすぐにお柳の見舞いにいき、半刻もせずに帰ってきた。

お竹によると、お柳は身動きできない状態で、ほとんど話せなかったそうだ。

奉行所の調べでも、医者の診立てでも、何が原因かまだ分かっていないらしい。

なにやら気味が悪く、里緒たちは顔を曇らせる。お柳が快復するまで、《昼下がりの憩い》は、月替わりの湯と甘味のみで、やっていくことにした。

皐月《さつき》の二十八日に川開きをして、そろそろ二月《ふたつき》になる。

毎日のように両国では花火が打ち上げられ、それを見物する舟や納涼舟、うろうろ舟などが大川《おおかわ》で犇《ひし》めき合っている。うろうろ舟とは、見物人たちを目当てに酒や食べ物を売る舟だ。そのほか、お囃子《はやし》や音曲《おんぎょく》を奏《かな》でる芸人舟や、猿回しを乗せた舟もあり、賑やかなことこの上ない。

雪月花のお客たちも皆、川遊びに出向いている。里緒たちは、その話を聞くことが楽しみだった。

夕餉の刻になると、女たちで料理を運んだ。暑さがやや和《やわ》らいできたので、泥鰌《どじょう》の丸鍋を出す。生きた泥鰌を酒に漬けて酔わせてから、甘辛い割り下で丸ごと煮込んだものだ。

七輪《しちりん》の上で、もうもうと湯気を立てる丸鍋を眺め、克次《かつじ》は唇を舐めた。克次は、武州は桶川《おけがわ》の紅花《べにばな》問屋の主人である。齢四十の通人で、川遊びを目当てに、このところ雪月花に続けて泊まっていた。

「熱いので気をつけてお召し上がりください」

里緒が玉杓子《たまじやくし》で椀によそって渡すと、克次は息を吹きかけつつ口に運び、目尻を下げた。

「実に旨い」

満面の笑みで唸る克次に、里緒の顔もほころぶ。克次は暫し夢中で味わい、里緒が注いだ酒を啜って息をついた。

「毎年この時季には雪月花さんにお世話になるが、ここの料理はいつ食っても外れがない。大したもんだよ」

「恐れ入ります」

里緒は淑やかに礼をする。克次はまた酒を啜り、眉間に皺《しわ》を寄せた。

「ここのは安心して食べられるが、暑い頃には料理にも気をつけなければならないからな。今日、川の上でも騒ぎがあったんだ」

「どのような」

訊《たず》ねつつ、里緒は酌をする。

「涼み舟に乗っていた者たちが、うろうろ舟から弁当を買って食べて、中《あた》ってしまってね。腹の具合が悪くなり、吐き気も酷くて、大騒ぎだったよ。のたうち回ったり、泡を吹いている者もいた。唇や手が真っ赤になって、腫《は》れ上がっていた者もね」

　里緒は銚子を置き、目を見開いた。

「まあ、舟の上なら、なおさらたいへんでしたでしょうね」

「涼み舟に乗っていた全員だったからね。急いで船着き場へ戻り、医者を連れてきて診てもらっていた。いったい、どこの店の弁当だったんだろう。気をつけなくてはいかんな」

「お役人様たちはお見えになっていましたか」

「来ていたな。弁当を回収していた。調べるつもりなのだろう」

　里緒は首を傾げた。

「泡を吹いている人もいたとのことですが、食べ物に中っただけで、そのようになるものでしょうか」

「何か毒のようなものでも、入っていたのかね」

　里緒と克次の目が合う。

「もしくは、よほど傷んだものが入っていたのでしょうか」

「奉行所の調べで、いずれ分かるだろう」

克次は盃《さかずき》の酒を呑み干すと、再び笑みを浮かべ、泥鰌を心ゆくまで味わった。

すぐに、うろうろ舟で売っていた弁当を作った店が明らかになった。せせらぎ通りからそれほど遠くない、〈やまたつ〉という仕出し屋だった。

そのことは瓦版《かわらばん》にも書き立てられ、噂はたちまち広がっていった。

お竹が買ってきた瓦版を眺め、里緒と吾平は眉を八の字にする。お竹が溜息混じりに言った。

「まさか、やまたつさんがねえ。あそこも創業がうちと同じぐらいで、ずっと何事もなく続けていらっしゃったんですが」

「あそこのお弁当、美味しいと評判だったものね」

怪訝《けげん》な面持ちの里緒の隣で、吾平は眼鏡をかけ直す。

「この瓦版では、弁当を食べた者たち皆が中った、と書かれてありますね。やはり弁当が傷《いた》んでいたってことですか」

「皆さん、その後はどうなのかしら」

「私も気になって、瓦版屋に訊いてみたんですよ。そしたら、声を潜めて教えてくれました。危篤《きとく》に陥《おちい》った人もいたけれど、どうにか持ち直した、って」

「まあ、それほど酷いことになっていたのね」

里緒は胸に手を当てる。お竹は頷いた。

「心ノ臓《しんのぞう》が止まりかけた人もいたそうですよ」

「それほどになるんだったら、やはり毒みたいなものが紛れ込んでいたんじゃないかな」

吾平も首を傾げる。里緒は息を呑んだ。

「妙よね。……煙を吸い込んで中ったようになったり、お弁当を食べて似たようなことが起きたり。関わっているのは、同じ山之宿町にある長屋と仕出し屋さん。これは偶《たま》さかなのかしら」

吾平とお竹は顔を見合わせる。お竹が身を乗り出した。

「では、今回のお弁当の件も、何者かが故意に起こしたというんですか」

「まさか、やまたつさんを陥《おとしい》れるために、ってことですか」

里緒は頷いた。

「その、まさかではないかしら。恐らく、やまたつさんというのではなく、この町に嫌がらせをしたい人々がいるのかもしれないわ」

里緒の胸に、また錦絵通りの者たちが浮かぶ。いったい何が希みなのかと、底知れぬ不安が過《よぎ》った。

吾平は眼鏡を外し、眉間を揉む。お竹は首を捻った。

「でも、変ですよ。お弁当に毒らしきものを混ぜるとして、悪党どもは、いつそれをしたんでしょう」

「やまたつさんが両国に弁当を運んだのだろうが、その弁当をうろうろ舟に積む時しかないよな」

吾平が口を出す。里緒も首を傾げた。

「お弁当は一つ一つ包まれていたはずよね。そんな短い間に、誰にも気づかれずに、お弁当すべてに毒を混ぜるなんてことができるのかしら」

「今、奉行所が調べているみたいですから、何が入れられたかは、いずれ分かりますでしょう」

「阿片や麻薬、媚薬《びやく》みたいなものなのだろうか」

吾平が呟くと、里緒は目を瞬《しばたた》かせた。

「毒というよりは、そのようなものかもしれないわね。何が、いつ、どこで、誰の手によって混ぜられたのか、早く知りたいわ」

吾平とお竹は頷き、麦湯を啜った。

里緒は察したことを隼人に話してみたかったが、躊躇《ためら》いもあった。亀吉に信州へ飛んでもらったうえに、錦絵通りのことも調べてほしいなど、あまりに厚かまし過ぎるのではないかと。

——もしあの人たちの仕業なら、捕まえてほしい。今に、死者が出ることになるかもしれないもの。……でも、隼人様の手をこれ以上煩《わずら》わせてしまうのは、やはり忍びないわ。

里緒は広間に腰を下ろし、思い悩む。お初に声をかけられ、我に返った。

「女将さん、幸作さんからです。召し上がってください」

お初が差し出した皿には、みずみずしい梨が載っていた。お初の優しい笑顔に和まされ、里緒の面持ちも緩んだ。

「ありがとう。いただくわ」

お初はぺこりと頭を下げ、速やかに下がった。

南町奉行所定町廻り同心である隼人は、もちろん八丁堀《はっちょうぼり》の役宅で暮らしている。父親の隼一郎《じゅんいちろう》は五年前に他界し、母親の志保《しほ》は日暮里《にっぽり》の一軒家に下女と住んでいる。隼一郎が隠居してから一緒に暮らしていた家だ。

隼人は前々から志保に、役宅へ戻るよう言っている。だが志保は、日暮里の風《ふう》光明媚《こうめいび》な景色と離れがたいようで、未だに留まっていた。志保はきっと、日暮里の地で隼一郎と過ごした思い出からも、離れがたいのだろう。

隼人の妻であった織江《おりえ》は、四年前に亡くなった。神無月に大伝馬町《おおでんまちょう》で開かれる夷講市《えびすこういち》に行き、殺《あや》められたのだ。織江が夷講市に出向いたのは、隼人の好物だったべったら漬けを買うためだったので、隼人の衝撃と悲しみは測り知れないものだった。自分を責め、悩み、辛い日々を過ごしていたが、真の下手人《げしゅにん》が切腹となり仇《あだ》を討てたので、その時にできた心の傷もだいぶ癒《い》えてはいる。だが隼人は、かつての好物を、未だに口にすることはできなかった。

男やもめの隼人は、家に帰れば気楽なもので、寝るまでの刻は好きなことをして過ごす。たまには下男や下女と、酒を呑んだり、碁を打つこともあった。

下男の杉造《すぎぞう》は齢五十八、小柄で柔和《にゅうわ》な男で、いつも淡々と仕事をこなしている。

下女のお熊《くま》は齢五十七、よく肥えていて、大きなだみ声が特徴だ。

二人とも山川家の古くからの使用人で、隼人とも気心が知れていた。

今宵《こよい》、隼人は湯屋で一風呂浴びて役宅に戻ると、自分の部屋で金魚を眺めて過ごした。里緒が飼っている金魚が可愛いので、真似したのだ。ビードロの鉢の中を赤い金魚が泳ぐ様を見ていると、仕事の疲れも癒《いや》される。

隼人は胸元をはだけ、団扇で扇いだ。

すると襖《ふすま》越しに、お熊のだみ声が聞こえた。

「旦那様、半太さんがお見えです」

「おう。通してくれ」

「かしこまりました」

お熊に連れられ、半太はすぐに部屋に入ってきた。隼人はお熊に、饂飩《うどん》か蕎麦を持ってくるよう頼んだ。

半太は腰を下ろし、頭を掻いた。

「いつもすみません、旦那」

「いいってことよ。……で、どうした」

「はい。お初に頼まれたんです。女将さんが何か思い悩んでいることがあるようだから、旦那に一度話を聞いてもらいたい、って」

実のところ半太とお初は、里緒も認める仲であり、純な恋を育《はぐく》んでいる。里緒はお初に、使いの帰りに稲荷などで半太と会うことも、許していた。

半太は続けた。

「で、女将さんが悩んでいることとは、恐らく、このところ山之宿で続けて起きている不審な出来事についてのようです」

「そうか。先日の、うろうろ舟の弁当騒ぎも、仕出したのは山之宿の店だったからな。なにやら妙だと、里緒さんも思ったんだろう」

隼人は顎を撫でる。

「ということですので、旦那、女将さんの話を聞いてあげてください。女将さんはきっと、旦那にあれこれ頼むのを躊躇《ためら》っているのでしょう。気を遣う方ですから」

「分かっている。それでお初が機転を利かしたってことか。あの娘も成長したぜ。お前の影響かもしれねえな」

隼人に肩をどんと叩かれ、半太は困ったような笑みを浮かべる。

「それはどうか分かりませんが、旦那、お願いします」

「おう。明日にでも顔を出すぜ。俺も里緒さんに話したいことがあるからよ」

二人が話し込んでいると、お熊が料理を運んできた。

「旦那様も大好物の、大蒜《にんにく》蕎麦ですよ」

蕎麦の上に、胡麻油で炒めた大蒜の微塵《みじん》切りと、薄く切った胡瓜がたっぷり載せられ、つゆが回しかけられている。半太が喉を鳴らした。

「これは旨そうだ」

早速二人で食らいつく。言葉もなく味わう男たちを眺め、お熊は微笑みつつ下がった。

部屋に、蕎麦を手繰《たぐ》る音が響く。胡麻油と大蒜の濃厚さに、胡瓜の爽やかさが合わさって、箸が止まらない。

ぺろりと平らげ、半太はお腹をさすった。

「ご馳走様です。いやあ、最高でした」

「具が少なくても、旨《うめ》えものは旨えよな」

楊枝を銜《くわ》える隼人に、半太は不意に訊ねた。

「ところで、件の弁当から毒らしきものは見つかったんですか」

「うむ。……それだがな」

隼人の話を聞き、半太は目を瞬かせた。

四

次の日の四つ半（午前十一時）過ぎ、隼人が雪月花を訪れた。自分が願っていたところ、隼人のほうから来てくれたので、里緒は目を瞬かせた。

「隼人様、いらっしゃいませ。お待ちしておりました」

里緒は三つ指をつき、淑やかに辞儀をする。淡い若草《わかくさ》色の小袖《こそで》に白磁《はくじ》色の帯を結んだ、涼しげな風情の里緒に、隼人は微笑んだ。

「忙しいところすまねえが、里緒さんにちいと話があるんだ。上がらせてもらってもいいかい」

里緒の顔が一段と明るくなる。

「もちろんでございます。さ、どうぞ」

隼人は上がり框を踏み、里緒に連れられて奥へと向かった。

里緒の部屋に入ると、すぐにお竹が麦湯を運んできた。隼人は仏壇を拝んでから腰を下ろし、麦湯を飲みつつ水鉢に目をやる。赤と白の斑の金魚は、水草を揺らして元気に泳いでいた。

「俺も里緒さんの真似をして、金魚を飼い始めたんだ」

「まあ」

自分の真似をしたというのがなにやらおかしく、里緒は笑みを漏らす。

「金魚って丁寧に飼ってやると、結構長生きするんだよな。猫や犬とは違って、気軽に飼えるし」

「さようですね。金魚って本当に可愛らしくて、見ているだけで癒されますもの」

里緒も水鉢に目をやる。隼人は簞笥《たんす》に目を移し、ふくよかな頬を少し掻いた。

「これで里緒さんと同じものが、二つに増えたな」

簞笥の上には、張り子の狛犬《こまいぬ》が飾ってある。昨年の秋に二人で浅草寺に行った折に、隼人にお揃いで買ってもらったものだ。隼人に、何か同じものを持っていたいと言われた時、里緒はとても嬉しかった。

里緒も簞笥を見やり、頷いた。

「狛犬も金魚も、どちらも大切にいたします」

「俺もだ」

二人は微笑み合う。隼人は麦湯を啜り、息をついた。

「俺たちは気が合うってことかもしれんな」

「まあ、今さら」

里緒は少し上目遣《うわめづか》いに、隼人を見る。隼人の額に薄らと汗が滲《にじ》んでいたので、里緒は団扇でゆっくりと扇いだ。

和んでいるところへ、幸作が料理を運んできた。

「またも、すまねえなあ。これじゃ飯をもらいに、ここに来ているようじゃねえか。本当に気を遣わんでくれ」

「旦那こそお気遣いなく」

眉を八の字にする隼人に、幸作が膳を出す。隼人は思わず、おっ、と声を上げた。

「これは、俺がいつぞや里緒さんに教えた、卵かけ素麺じゃねえか」

里緒は微笑んだ。

「もう本当に美味しくって。教えていただいてから、皆で何度食べましたことか」

「お客様にも大いに喜んでもらっています。それで旦那にお礼を言わなければ、と」

幸作は隼人に深々と礼をし、ごゆっくりと告げて、下がった。

隼人が里緒に教えた卵かけ素麺は、こうして作る。素麺に溶き卵を絡ませ、つゆを適量回しかけ、胡麻油を数滴垂らし、刻み葱《ねぎ》を散らして完成だ。つゆに山葵《わさび》を溶いておくと、いっそう美味である。容易に作れるものの味は間違いなく、雪月花でも定番の品書きとなった。

音を立てて素麺を味わい、里緒と隼人は微笑み合う。

「来月のお月見の時、月見素麺のようにしていただいても乙《おつ》かもしれませんね」

「そりゃいいな。でも、その頃は、そろそろ新蕎麦の時季じゃねえかい」

「ではやはり月見蕎麦のほうがよろしいでしょうか」

「葉月《はづき》(八月)の半ばになれば、暑さも落ち着くだろうから、温《あたた》けえ蕎麦もいいかもな」

里緒は箸を止め、隼人をじっと見つめる。

「温かい月見蕎麦をお出ししますので、お月見の時にも必ずお越しくださいませね」

「まったく……里緒さんには敵《かな》わねえや」

隼人は眉を八の字にしつつも、頬を緩める。

食べながら、二人は話をした。

「亀吉から、また便りが届いた。ご両親の似面絵を手に中山道を訪ね歩いたところ、泊まった宿はだいたい摑めたらしい。だが、どこの宿でも、ご両親はそこの主人たちとあまり話さなかったみてえだ。つまりは旅先であったことは、まだほとんど摑めていねえ。里緒さん、すまねえな。待たせちまって」

「とんでもございません。ご足労《そくろう》おかけしてしまったうえに、文まで送っていただいて……」

里緒は姿勢を正し、深々と頭を下げる。隼人は里緒の華奢《きやしゃ》な肩に、手を置いた。

「気にしねえでくれ。里緒さんに相談されながら、なかなか動かなかった俺の、せめてもの償いだ。亀吉はもう下諏訪《しもすわ》に着いて、いろいろ探っているだろう。文が届くのに時間がかかるから、そこがもどかしいな」

江戸から京《きょう》まで通じ、整えられている東海道《とうかいどう》沿いとは違い、ほかの街道沿いでは、飛脚に頼んだ文が期日どおりに届かないことはよくあった。

ひたすら恐縮する里緒に、隼人は優しく言い聞かせた。

「やはり時はかかっちまうだろう。でも、亀吉の奴、真剣に探っているみてえだ。

だから里緒さん、待っていてくれな」

「もちろんです。よろしくお願いいたします」

里緒はようやく顔を上げ、潤む目で隼人を見つめる。隼人は、しかと頷いた。

素麺を食べ終えたところで、お茶を啜りつつ、隼人が言った。

「ところで、またこの近くの者が巻き込まれる事件があったな。やまたつ、っていう仕出し屋が」

「さようです。川遊びをしている人たちが、あちらのお弁当で中ってしまったのです」

「その騒ぎを担当しているのは、俺ではなくて別の同心の、村井《むらい》なんだ。それで村井が言うには、医者に弁当を検《あらた》めてもらったところ、毒や媚薬などは一切入っておらず、傷んだものも見受けられなかったようだ。皆、結構残していたんで、医者は実際に少し食べてみたようだが、なんともなかったらしい」

里緒は目を瞬かせ、首を傾げた。

「え……。では、皆様どうして中ってしまったのでしょう。不思議な話です」

隼人は腕を組んだ。

「うむ。村井が、快復してきた者から聞いたところによると、その時どうもお茶も出されていたようだ。もしや弁当ではなく、変なものはそちらに入っていたのかもしれねえ。村井が両国に着いた時には、お茶は片付けられてしまっていたらしく、回収できなかったみてえだ」

「そのお茶といいますのは、誰が配ったのでしょう。船頭ですか」

「いや、別の者だ。船頭のほかにもう一人いて、その者が船頭を手伝ったり、弁当を配るなどしていたようだ」

「ではその者たちも調べたほうがよろしいですね」

　隼人は眉根を寄せた。

「村井が調べに走ったが、どうも、二人とも姿をくらましちまったみてえだ。村井の奴、手下と一緒に必死で捜しているが」

「……逃げたといいますなら、やはり疚《やま》しいことがあるのでしょうね」

　二人は目と目を見交わす。隼人はお茶を飲み干し、里緒を見つめた。

「それで、よければ里緒さんの鋭い勘働きを聞かせてほしいって訳だ。いつも頼ってしまって、申し訳ねえが。……この近くの者たちが、また続けて危ないことに巻き込まれているんだ。どうだい。何か勘づいているんじゃねえかい」

　里緒は姿勢を正し、考えていたことを隼人に話した。やはり、花川戸町の錦絵通りの者たちが怪しいのではないか、そのような気がしてならない、と。

里緒の話を聞きながら、隼人は錦絵通りにある旅籠〈風月香〉の女将の、蛇のような眼差しを思い出していた。

「うむ。俺が里緒さんでも、あいつらを疑っちまうだろう。よし、盛田屋の若い衆に、錦絵通りを交替で見張ってもらうことにするぜ。親分に頼んでおく」

「重ね重ね、申し訳ございません。いつもお力を借りてしまって。……なんとお礼を申し上げてよろしいか」

里緒は肩を竦めて項垂《うなだ》れる。隼人は面持ちを引き締めた。

「実はな、今朝、報せがあった。団栗長屋の者が一人、亡くなったそうだ」

「ええっ」

里緒は目を見開き、手で口を押さえた。隼人は声を低めた。

「躰が弱っていた婆さんだったらしい。だからな、故意に怪しげな煙を撒き散らして死人を出したといったら、これはもう殺しだ。俺たちも本腰を入れて探らなければならねえんだよ。下手人はなんとしても見つけ出さねば。そして、せせらぎ通り、ひいては山之宿を守らなければな」

「ありがとうございます」

里緒は恭《うやうや》しく、隼人に礼を述べた。

帰り際、雪月花の玄関の前で、隼人は里緒にさりげなく告げた。

「お栄もそうだが、お初もしっかりしてきたようだな。半太が言っていたぜ。里緒さん、金魚だけでなく、仲居たちのことも大切にしてやれよ」

「はい。もちろん、大切にしております」

里緒は頷き、微笑む。隼人も笑みを返し、帰っていった。


隼人はその足で盛田屋へと赴いた。

「ちょいとお邪魔するぜ」

間口七間の入口にかかった長暖簾を押し分けて入ると、若い衆たちが迎えた。

「旦那、いらっしゃいやし！」

相変わらず威勢がよいが、皆が隼人を見る目がいつもと少し違う。

「どうした？　何か顔についてるかい」

隼人が頬をさすると、若い衆の一人の康平《こうへい》が真顔で言った。

「いいところにお越しくださいやした。今、旦那に相談しにいこうかって、話していたところなんです」

「はい。……詳しくは、奥で。親仁《おやじ》と話してやってくだせえ」

康平に連れられ、隼人は内証《ないしょう》へと向かった。

そこへ入ると、寅之助の女房のお貞《てい》がすぐにお茶と煎餅を運んできて、速やかに下がった。お貞は一つ上の姉さん女房だ。泣く子も黙ると恐れられる寅之助が、唯一敵わない相手である。お貞も若い頃は浅草小町と謳《うた》われ、町火消《まちびけし》の娘だっただけになんとも気風《きっぷ》がよく、還暦を過ぎても別嬪《べっぴん》である。

隼人はお茶を啜って、寅之助を眺める。寅之助は苦々しい顔をしていた。

「何かあったのか」

「いえね。磯六の奴が、吉原に行ったっきり、戻ってこねえんですよ。それで、うちではちょっと騒ぎになっていましてね」

「どういうことだ」

寅之助は首を捻った。

「わっしにはよく分からねえんですが、若い衆たちが言うに、磯六はある花魁《おいらん》に会いにいくと、やけに張り切っていたらしいんです」

「磯六はその花魁に憧れていたのか」

「いえ、どうも、そういう雰囲気ではなかったようで。惚れている女に会いにいくって感じではなく、なんだか、一戦交えにでもいくような意気込みだったっていうんですよ」

隼人も首を傾げた。

「花魁といったい何を戦うっていうんだ」

磯六が会いにいったのは、高瀬《たかせ》という吉原でも随一の、絶大な人気を誇る花魁で、お相手してもらうには金子《きんす》がかなりかかるようだ。

恐らく磯六は初会《しょかい》か二回目で、高瀬に気に入ってもらおうと張り切っていたのかもしれないが、隼人はどうも腑《ふ》に落ちなかった。

「そんな凄《すげ》え花魁に相手してもらうには、顔見せだけでも金がかかるだろうよ。磯六は、そんな金を持っていたんだろうか」

「まあ、一晩か二晩ぐらいの分は貯め込んでいたのかもしれやせんがね。若い男なら、花魁の手練手管《てれんてくだ》で引き留められて、二、三日居続けてしまうってのは分かりやす。でも……今日で四日目なんですよ。さすがにおかしいと思いやしてね。まさか金が払えなくて、妓楼《ぎろう》に閉じ込められて折檻《せっかん》されているんではねえかと」

寅之助の顔が曇る。今夜、康平と民次に、妓楼に様子を窺《うかが》いにいってもらお隼人は腕を組み、首を傾げた。

「でもよ、金が払えず折檻されているなら、付《つ》き馬屋《うま》がここにとっくに取り立てにきてるんじゃねえか」

付き馬屋とは、妓楼に頼まれて、勘定を取り立てに回る者たちのことだ。

「そう言っちゃ、そうですが。でも分かりやせんぜ。磯六の奴、わっしに迷惑をかけたくなくて、盛田屋の名を出さずに、黙って耐えているのかもしれやせん」

「うむ。そういうことも、あり得るか」

しかし、隼人はしっくりこない。

磯六は学がある訳では決してないが、そのような花魁に無理に金を遣うほど愚かではないと思われる。やはり何か裏があると、隼人の勘が働くのだ。

寅之助はよく、若い衆たちを引き連れて吉原へ繰り出し、遊ばせてやっている。それはもちろん、寅之助の奢《おご》りだ。普段そのような遊び方をしている者が、自ら金を払って、しかも売れっ妓《こ》の花魁に会いにいくというのは、よほどのことだろう。

隼人は煎餅を摑んで齧りつつ、訊ねた。

「磯六に最近、変わったことはなかったか」

「相変わらずでしたよ。よく食って、よく働いて、時に莫迦《ばか》騒ぎをして。……あ、そういや」

いったん言葉を切り、寅之助は隼人を真っすぐに見た。

「女将の両親のことで、やけに憤慨《ふんがい》しておりやした。殺めた者がいるとしたら決して許せねえ、死の謎を絶対に明らかにしてみせる、と息まいてね」

隼人は煎餅を齧る音を響かせた。

「一本気《いっぽんぎ》で熱い男じゃねえか」

「それが磯六の取り得ってことで」

「まあ、とにかく吉原へ行ってみるぜ。磯六を無事に帰してやるから心配するな」

「探ってくださるんですね。そりゃ、ありがてえ。旦那、恩に着ます」

寅之助は畳に擦りつけるかのように、深々と頭を下げる。隼人は二枚目の煎餅を齧りながら、寅之助を見やった。

「うむ。ところで、その代わりに、と言ってはなんだが、ちいとお願いしてえことがあるんだ」

寅之助はおもむろに顔を上げ、目を瞬かせた。

「はい。どのようなことで」

隼人は里緒との約束どおり、錦絵通りの見張りに若い衆を借りたい旨を告げた。

寅之助は二つ返事で引き受けた。

「お安いご用で。早速、見張らせやす」

「助かるぜ。親分、いつもありがとよ。こちらも気合いを入れて、磯六を見つけ出してやるからな」

「すいやせん、お忙しいところ」

「なに、この世は持ちつ持たれつよ」

隼人は寅之助に目配せすると、煎餅を何枚か摑んで袂に仕舞い、立ち上がった。

盛田屋を出ると、山之宿町の見廻りを頼んでいた半太に声をかけ、二人で吉原へと向かった。

吉原の大門《おおもん》を入ってすぐの左手に、面番所《めんばんしょ》がある。吉原は町奉行所の支配下にあるため、ここに隠密廻り《おんみつまわ》同心二人と岡っ引きが交替で駐在しているのだ。

そこの同心と話をつけ、隼人たちは〈胡蝶屋《こちょう》〉へと赴いた。

吉原はいくつかの町に分かれており、胡蝶屋は江戸町《えどちょう》一丁目にある。大門の近くにあり、吉原でも最も栄えている町だ。胡蝶屋はその中でも、一、二を争う大見世《おおみせ》だった。

この時季、妓楼はそれぞれ工夫を凝《こ》らした提灯《ちょうちん》を飾り、華やかに装っている。絶世の花魁であった玉菊《たまぎく》の精霊を祀《まつ》るための行事で、盂蘭盆を過ぎても文月末日まで続く。玉菊灯籠と呼ばれ、吉原三景容の一つに挙げられるが、妓楼によっては作り物も見世の前に飾っている。

胡蝶屋にも、松と鶴の麗しい作り物が置かれていた。その隣の妓楼の前には、『水滸伝《すいこでん》』に描かれた花和尚《かおしょう》、魯智深《ろちしん》の猛々《たけだけ》しい人形が飾られている。

ちょうど昼見世の刻なので、紅殻格子《ベンガラごうし》の惣籬《そうまがき》には遊女たちがずらりと並んでいて、半太は思わず立ち止まる。

隼人に促されて我に返り、二人は一緒に胡蝶屋へと入っていった。暖簾を潜《くぐ》り、上がり口の前で声を出す。

「上がらせてもらうぜ」

すると若い衆がすぐにやってきて、一礼した。

「いらっしゃいませ。お二人様でいらっしゃいますね」

「そうじゃなくて、主人にちぃと話を聞きてえんだ。いるかい」

若い衆は隼人と半太の姿をしげしげと眺め、頷いた。

「かしこまりました。番頭を呼んで参りますので、少しお待ちください」

そう告げると速やかに奥に行き、帳場から番頭を連れてきた。隼人は番頭と話をつけ、主人がいる内証へと通してもらった。

隼人たちが入っていくと、主人は姿勢を正した。齢四十五、六の、細身の男だ。

「お役人様、ご苦労様でございます。主人の九郎兵衛《くろべえ》と申します」

九郎兵衛は丁寧に頭を下げる。内儀《おかみ》がすぐにお茶と羊羹を運んできたが、隼人はそれに手をつける前に、切り出した。

「訊きてえことがあるんだ。盛田屋の若い衆の磯六って者《もん》が、ここへ来てから戻ってこねえそうだ。もしや金が払えなくて、足止めされてるのかい」

すると九郎兵衛は眉根を寄せた。

「磯六さんもお戻りになっていないのですか」

「磯六も、ってことは、ほかにも誰かいなくなっちまったのか」

九郎兵衛は苦渋の面持ちで、肩を落とした。

「はい。……磯六さんがここにお見えになった後、御職《おしょく》の花魁まで消えてしまったのです」

御職とは、妓楼で一番手の花魁のことである。隼人と半太は目を瞬かせた。

「御職っていうと、高瀬だよな」

「さようでございます。吉原《なか》でも随一と呼ばれておりましたのに、まさに煙のように消えてしまい、私どもも頭を抱えているところです」

九郎兵衛は項垂れる。番頭や若い衆が嫌な顔一つせずに隼人たちをすぐに中に通したのは、そのような訳があったからかもしれない。九郎兵衛としても、同心に話を聞いてもらいたかったのだろう。

「面番所の同心たちには相談したのかい」

「はい。探ってはいただいたのですが、手懸かりがまったくないとのことで。お役人様もさっぱり訳が分からないようでした」

隼人と半太は顔を見合わせる。

「そりゃ妙な話だな。まさか足抜きが成功したってことか」

「私どももそれを考えたのですが……やはりどうしても、高瀬がそのようなことを企てるとは思えないのです。高瀬には上客がたくさんいましたし、身請《みう》け話もいろいろとございましたから」

高瀬の客には大名や旗本《はたもと》、大商人が多くいたということを、隼人は寅之助からも聞いていた。

「間夫《まぶ》がいたってことはねえか」

「それも考えられません。売れっ妓《こ》には、私どもも目を光らせておりますし」

隼人は顎を撫でつつ、目を泳がせた。

「まさか磯六と一緒に駆け落ちしたってことはねえよな」

「磯六さんは、あの日は二度目で、床入《とこい》りもまだでした。そのような相手と、駆け落ちしますでしょうか」

半太が不意に口を挟んだ。

「もしや、以前どこかで会ったことがあったのかもしれません。幼馴染だったとか」

隼人と九郎兵衛は顔を見合わせる。隼人は腕を組んだ。

「そういうことも万に一つはあるかもしれねえな。憧れていた花魁が、会ってみたら昔の知り合いで、燃え上がっちまったっていうのは。……高瀬はどこの出だい」

「出羽《でわ》は山形《やまがた》です。十四で売られてきて、七年目。ずっとうちにおります」

「そうか。ならば幼馴染ってことはねえか。磯六は生まれも育ちも山之宿だからな。前からの知り合いってこともなさそうだ」

隼人は目を泳がせつつ、問いを変えた。

「二人は、一緒に消えちまったのかい」

「いえ、磯六さんがお帰りになって少し経ってから、高瀬も消えてしまったんです」

「その時の様子を、詳しく聞かせてくれねえか」

「はい。番頭の話によりますと、磯六さんは、昼見世の時に高瀬に会いにいらしたんです。夜見世では、馴染みでなければ高瀬に会うことは難しいですからね。磯六さんは八つ（午後二時）頃いらして、七つ（午後四時）前には店を出られました。番頭曰《いわ》く、磯六さんはお帰りになる時やけに嬉々《きき》としていらしたとか。高瀬の反応がよかったのかもしれません。磯六さんは、お名前や身元を偽ることもなく、お代もちゃんと支払われました」

話を聞きながら、隼人は考えを巡らせる。

——磯六の胡蝶屋での振る舞いは、何も問題がなかったみてえだ。では吉原を出た後で、何かがあったのだろうか。

九郎兵衛はお茶を一口飲み、続けた。

「高瀬は、磯六さんがお帰りになると、夜見世に向けて少し休んでいました。高瀬が今までに何か問題などを起こしたことはございませんので、私どもも別に気に留めずにいたのですが、六つを過ぎた頃、高瀬つきの振袖新造《ふりそでしんぞう》が青い顔で言いにきたんです。高瀬がどこにもいない、と」

振袖新造とは、花魁について見習いをする、若い遊女のことである。

奇妙な話に、隼人と半太も首を傾げるばかりだ。遊女が足抜きするには、おおよそ二つの遣り方がある。男装をして、四郎兵衛会所《しろべえかいしょ》の見張りの目を潜り抜けて大門を出る。あるいは、塀を乗り越え、お歯黒《はぐろ》どぶを渡って逃げる。そのどちらかだが、ともに失敗に終わることが多く、捕まれば拷問《ごうもん》が待っていた。

――それゆえ九郎兵衛は、高瀬はそんなことを考えるほど愚かじゃねえと思ったんだろう。でも、煙のように消えちまったというなら、足抜きならば大成功だよな。どんな手を使ったのだろう。それとも……何かに巻き込まれたんだろうか。

隼人は頭を働かせつつ、訊ねた。

「高瀬は昼見世が終わってからずっと、部屋にいたのだろうか」

すると九郎兵衛は首を傾げた。

「それはどうでしょう。高瀬は妙に信心深いところがありまして、よく九郎助《くろすけ》稲荷に行っていたんです。もしやその日も、稲荷に行くために出ていたのでは」

吉原の四隅には稲荷があり、京町《きょうまち》二町目に近い九郎助稲荷は、遊女たちの信仰を最も集めている。だが、胡蝶屋がある江戸町一丁目からは離れている。

隼人は腕を組んだ。

「この近くにあるのは榎本《えのもと》稲荷じゃねえか。わざわざ九郎助稲荷まで行っていたのか」

「はい。九郎助稲荷は吉原《なか》の鎮守神《ちんじゅ》ですし、元吉原《もとよしわら》から遷《うつ》されたものですから。高瀬は、やはり特別なものと思っていたようです」

「そうか。ならば、九郎助稲荷に行って戻ってくる間に、何かあったのかもしれねえな」

男三人、顔を見合わせる。隼人はぽつりと言った。

「売れっ妓で、信心深くて、これまでは何も問題を起こさずやってきたのか。高瀬は優れた花魁だったんだな」

九郎兵衛は大きく頷いた。

「さようでございます。高瀬は確かに麗しくはありましたが、それだけではなかったのです。いえ、それ以外の魅力によるところが大きかったように思います。正直、高瀬より美しい花魁は、吉原にも多くおりますでしょう。しかし高瀬はとても賢く、ある特技を持っていたのです。それゆえに高瀬に会いたがるお客様は後を絶ちませんでした」

隼人は身を乗り出した。高瀬の特技については、寅之助から聞いていなかったのだ。

「その特技ってのは、どういったものだ。踊りか、それとも和歌か」

「いえ。天眼通《てんがんつう》(千里眼《せんりがん》)でございます」

「天眼通？」

隼人と半太は目を見開き、声を揃える。天眼通とは仏教の用語で、千里先など遠く離れた出来事を視《み》る能力のことだ。いわゆる透視術である。

「はい。高瀬は故郷の山形では、子供の頃から寄坐《よりまし》をしていたそうで、もともとそのような力を持っているのです。高瀬の天眼通や占いは本当によく当たるらしく、お武家様や商人様方はそれを頼りになさって、高瀬を離さなかったのです。つまり高瀬は、この吉原で、色といいますよりは、その力でのし上がったのでございます」

なにやら圧倒され、隼人と半太は言葉を失ってしまう。だが、その高瀬に、隼人が興味を抱いたのは確かであった。

ちなみに寄坐とは、修験者《しゆげんじや》が口寄せをする時に死者などの霊を憑依《ひようい》させる者のことで、いわゆるイタコのようなものである。

九郎兵衛は姿勢を正し、隼人と半太を縋《すが》るような目で見つめた。

「高瀬は、私どもも真に大切にしておりました。優れた才を持っていて、絶大な人気がありながらも、それに溺《おぼ》れることなく、気立てのいい妓《こ》だったのです。幼い頃に貧しくて苦労したせいか、思いやりもありました。……お役人様、お願いいたします。どうか、高瀬を見つけ出してください。足抜きしたとは、やはりどうしても思えないのです。あの妓がそのようないい加減なことをするはずはありません。……どうか、どうか、このとおり」

九郎兵衛は畳に頭を擦りつけるように、平伏《ひれふ》す。

妓楼の主人はその仕事柄、「仁《じん》・義《ぎ》・礼《れい》・智《ち》・忠《ちゆう》・信《しん》・孝《こう》・悌《てい》」の八つを忘れた、忘八《ぼうはち》とも呼ばれる。しかしもちろん、そうでない者もいることは、隼人も知っている。九郎兵衛の言葉に嘘はないと、隼人は直感した。

隼人は九郎兵衛の肩を叩いた。

「分かった。調べてみるぜ。話を聞いた限りでは、俺も高瀬は足抜きするようには思えん。高瀬は必ず連れ戻す。磯六もな」

その隣で半太も頷く。九郎兵衛は涙に濡れる顔を上げ、また平伏した。

「お役人様、親分さん、ありがとうございます」

「おう、任しておけ」

隼人は九郎兵衛を励まし、半太とともに胡蝶屋を出た。

それから九郎助稲荷まで足を延ばし、そのあたりを探ってみた。九郎助稲荷は、小見世《こみせ》が並ぶ羅生門河岸《らしょうもんがし》を南に真っすぐいったところにある。聞き込んではみたものの、高瀬が消えた日にその姿を見たという者はいなかった。

気づくと、夜見世が始まる刻になっていた。この時季の六つはまだ明るいが、各妓楼の提灯は既に灯《とも》っている。籬《まがき》の中では遊女たちが媚《こ》びた笑みを浮かべ、清掻《すががき》の音や、若い衆たちが客を呼び込む声が響き渡る。

隼人は半太に言った。

「明日から、ここを調べてくれねえか。磯六の似面絵《にづらえ》を作らせるから、それを手にな」

「かしこまりました」

半太は威勢よく返事をして、胸を叩く。

二人は中をぐるりと回ってから、暮れていく吉原を後にした。

第三章　遺された和歌

一

胡蝶屋を訪ねた日の夜、隼人は雪月花へと再び赴いた。

「吉原土産だ。最中《もなか》の月《つき》と、巻《まき》煎餅。お竹が好物だと言っていたからな。皆で食べてくれ」

最中の月も巻煎餅も、江戸町二丁目にある竹村伊勢《たけむらいせ》という菓子屋の名物だ。

隼人から包みを受け取り、里緒は目を瞬かせた。

「まあ、こんなにたくさん」

「いつも馳走になっているから、たまにはいいだろう。ところで先に言っておくが、俺は吉原に探索でいったのだからな。誤解のないように」

「分かっております」

里緒は笑みを漏らす。するとお竹が帳場から出てきて、大きな声を上げた。

「旦那、ありがとうございます。では吉原でいったい何が起きたのか、女将にゆっくり聞かせてやってくださいませ。さ、どうぞ」

「いや、ここでいいぜ。こんな刻にちょくちょく上がっては、迷惑かけちまう」

すると吾平も現れ、隼人を見据えた。

「旦那、うちとしましては玄関でずっと立ち話されるほうが迷惑なんですよ。この刻にだって、急に泊まりにくるお客様がいますからね」

「そうですよ、隼人様。お上がりください」

里緒に微笑まれ、隼人は頭を掻く。

「いや、昼間にも邪魔したのに、また上がるってのは厚かましいにもほどがあるぜ」

すると、お竹が下駄をつっかけて三和土《たたき》に下り、隼人の大きな背中を押した。

「旦那、遠慮なさる柄ではありませんでしょ。ほら、お上がりになって」

「おい、お竹。……分かった。では、ちょいと邪魔するぜ」

隼人は、ばら緒《お》の雪駄《せった》を脱ぎ、上がり框を踏む。里緒は含み笑いで目尻を下げる。

隼人は溜息をつきながらも、どこか嬉しそうだった。

里緒の部屋へ通されると、隼人は仏壇を拝んで腰を下ろした。お竹がすぐにお茶と菓子を運んでくる。皿には、隼人の手土産の最中の月と巻煎餅が載っていた。最中の月といっても最中ではなく、糯米《もちごめ》で作った二枚の皮の間に餡《あん》を挟んだものだ。巻煎餅は、饂飩《うどん》粉《こ》で作った生地を巻いて焼き上げた素朴《そぼく》なもので、筒のような形をしている。それゆえ吉原では、張見世《はりみせ》の遊女が巻煎餅を銜《くわ》え、籬越しにお客とお茶を口移しするという、艶っぽい光景も見られた。

お竹は微笑み、菓子を差し出した。

「お持たせで失礼しますが、たくさんいただきましたので、お二人でも御一緒にどうぞ」

お竹が下がると、行灯が灯る部屋で、里緒と隼人は照れた笑みを浮かべた。お茶を飲む隼人を、里緒は団扇で淑やかに扇いだ。

「親分に頼んで、若い衆たちに交替で、錦絵通りの奴らを見張ってもらうことになった。この通りにも気をつけていてくれるそうだ」

「ありがとうございます。隼人様のお心遣いには感謝の限りです。親分さんにも、もちろん」

里緒は深々と頭を下げる。その白いうなじに目を細めつつ、隼人は軽く咳払いをした。

「頭を上げてくれ、里緒さん。盛田屋の者たちは、いつも以上にいっそう力を入れて働いてくれるだろうよ。……貸し借りといってはなんだが、俺も親分の頼みを引き受けたんでな」

「それは、どのような？」

「うむ。それに吉原が関わっているって訳だ」

隼人は巻煎餅を齧りながら、磯六が消えてしまったこと、胡蝶屋に行って聞き込みをしたこと、高瀬花魁のことなどを話した。

里緒は熱心に耳を傾け、胸を押さえた。

「磯六さん、心配です。どうかご無事でいてほしいです」

「いったい何があったというんだろうな。まず考えられるのは、高瀬も磯六をすっかり気に入っちまって、巧《うま》く足抜きに成功し、二人でどこかに行っちまったってことだ」

隼人と里緒は目と目を見交わす。

「確かに磯六さんには、真っすぐで純粋なところがありますものね。高瀬さんの目には、初々《ういうい》しく映り、愛《いと》しさを感じたのかもしれません。そして相惚《あいぼ》れに……」

隼人は頷くも、首を少し傾げた。

「うむ。だがな、高瀬ってのは、そこまでいい加減な女ではねえような気もするんだ。一時《いっとき》の気の迷いで、自分の立場も顧《かえり》みず、妓楼の者たちを足蹴《あしげ》にするようなことは、しねえんじゃねえかな」

「高瀬さんは吉原随一の花魁で、錚々《そうそう》たるお客様がついていらしたとのこと。確かに、浅はかなことはなさらないかもしれませんね」

里緒は顎にそっと指を当て、考えを巡らせる。里緒は暫し、部屋の床の間に飾った百合を眺めていたが、不意に隼人に目を移した。

「高瀬さんは、天眼通の異能《いのう》をお持ちになられるとのこと。もしや磯六さんは、私の両親の死の真相を視てもらいたくて、高瀬さんに会いにいったのではないでしょうか」

隼人は目を瞬かせる。里緒は続けた。

「磯六さんは、私の両親の死について、必ず真相を突き止めてみせると、意気込んでいらっしゃったのでしょう？　ならば、そのように考えられませんか。そして……両親が亡くなった地である音無渓谷を見せに高瀬さんをこっそり連れ出そうとしたところを、捕まってしまったのではないでしょうか」

隼人は腕を組んだ。

「足抜きしようとしたと勘違いされ、連れ戻されたって訳か。だが二人とも、胡蝶屋には本当にいないようだったが。あそこの主人も、嘘をついているようには見えず、真に訳が分からぬようだった」

「いえ、妓楼の者に捕まったのではなく、別の者に、なのでは。もしや……私の両親の死に、関わっていた者たちかもしれません」

二人は顔を見合わせる。行灯の明かりが、微かに揺らぐ。隼人は声を低めた。

「なるほど。すると、こうも考えられるな。磯六は恐らく、あの莫迦《ばか》がつくほどの真っすぐさで高瀬に会っている。磯六は二回、高瀬に懇願し、里緒さんのご両親の死の真相を視てもらう約束を取りつけた。だが磯六は、ただでさえ声がでかい。その声を張り上げて高瀬にお願いしたもんだから、盗み聞きしてしまった者がいた。それは胡蝶屋の者かもしれねえし、客だったかもしれねえ。で、そいつも実は悪党の仲間、もしくは悪党と何らかの繋がりがあって、磯六と高瀬の約束が知れてしまった。そこで悪党どもは真実を暴かれる前に、まずは磯六を連れ去り、その後で隙を見て高瀬を連れ去ったって訳だ」

里緒は息を吞み、目を見開く。

「で、でも、いくら悪党どもでも、吉原から花魁を連れ去るなどということはできるのでしょうか。面番所や四郎兵衛会所の見張りがありますでしょう」

「うむ。俺も考えてみたが、できねえことはねえだろう。たとえば、花魁を気絶させて駕籠《かご》へ押し込み、通り抜けてしまうとかな」

「それでも、一応は、駕籠の中を確かめるのではないでしょうか」

「その時に見張っていた番人に金を握らせたとしたら、どうだい」

里緒は言葉を失う。隼人は続けた。

「そして表向きは医者のお帰りという名分で、駕籠ですっと出ていったってことだ。これならば、花魁だって連れ出すことはできる」

吉原において、駕籠に乗ったまま大門を通り抜けられるのは、医者あるいは産婆だけである。

里緒は胸を手で押さえ、うつむく。

「まさか両親の死に関わっていたのは、吉原の中の悪党たちなのでしょうか」

「それはまだ分からねえ。悪党の仲間が吉原の中にいる、もしくは遊びにきている、とも考えられる。恐らくは、そのどちらかだろう。里緒さんのご両親と吉原の悪党ってのは、結びつかねえからな」

里緒は潤む目で、隼人を見た。

「私たちの勘働きが正しいとして、磯六さんと高瀬さんにもしものことがありましたら、どうすればよいのでしょう。私の両親のことに、何の関わりもないお二人まで巻き込んでしまって。……私はいったい、どうすれば」

里緒の目から涙がこぼれる。小刻みに震えるその肩に、隼人はそっと手を置いた。

「大丈夫だ。磯六はあれでなかなかしぶとい奴だし、高瀬だって妙に運が強そうだ。悪党に捕らえられたって、すぐに死ぬなんてことはねえよ。二人とも必ず見つけ出すから、心配するな」

「……はい」

里緒に縋《すが》るような目で見られ、隼人は笑みを浮かべて頷く。

「磯六が高瀬に会いにいった訳は、里緒さんが察したことで間違いねえと思う。明日からは半太に吉原を探ってもらうが、俺ももう一度胡蝶屋に行ってみるぜ。

もしや高瀬が何か手懸かりを残しているかもしれねえからな」

「隼人様、よろしくお願いいたします」

里緒は洟《はな》を啜りながら、頭を下げる。

文月も下旬、少し開けた障子窓からは、鈴虫《すずむし》の音が聞こえていた。

二

翌日、隼人は再び吉原へと向かった。浅草聖天町《しょうでんちょう》から日本堤《にほんづつみ》を西へと真っすぐに行けば、吉原が見えてくる。

里緒とも一度待ち合わせをしたことがある待乳山聖天社《まっちやましょうでんしゃ》近くの日本堤の取り付きから吉原の入口までの道のりは、土手八丁《どてはっちょう》と呼ばれる。距離がほぼ八丁(およそ八七〇メートル)だからだ。

隼人は風に吹かれながら、土手八丁を悠々と歩く。ここには、吉原への行き帰りのお客を当てにした、葦簀《よしず》張りの水茶屋や屋台が多く並んでいる。

どこからか烏賊《いか》がこんがりと焼かれる芳《こう》ばしい匂いが漂ってきて、隼人は堪らずにそれを買い、串を手に味わいながら歩を進めた。

三ノ輪《みのわ》に続く日本堤の真ん中あたりで左に曲がり、衣紋《えもん》坂を下れば、吉原の大門が見えてくる。衣紋坂から大門までの五十間道《ごじっけんみち》にも、両側に茶屋や商家が並んでいた。

衣紋坂の手前には、見返り柳も立っている。吉原から帰る客が、名残惜《なごり》しくて振り返るのがちょうどこの柳の木のあたりゆえに、その名がついた。

隼人は衣紋坂を下りる途中で串を投げ捨て、大きな躰を揺らしながら、黒塗りの大門を潜った。

昼見世が始まる前の四つ半（午前十一時）、遅い朝餉を食べ終えた遊女たちが準備を始める頃だ。それゆえそれほど賑わってはいないが、吉原が持つ独特の熱気は漂ってくる。

隼人は面番所の同心に断りを入れ、江戸町一丁目の胡蝶屋へ赴いた。

長暖簾を潜り、入口で大声を出すと、番頭が速やかにやってきた。

「これはお役人様。ご苦労様でございます。昨日はお世話になりました」

「おう。忙しい時に悪いが、もう少し詳しく教えてもらいてえんだ」

番頭は頷き、声を低めた。

「さようでございますか。うちの主人も、お役人様になにやらお話があるようです。さ、どうぞお上がりください」

隼人は上がり框から、番頭に連れられて内証へと向かう。一階も二階も、掃除をする者たちが忙しく働いていた。


隼人の顔を見ると、主人の九郎兵衛は深々と辞儀をした。

「お役人様、お越しくださりありがとうございます。私のほうから出向こうと思っておりました」

九郎兵衛は早速、隼人に紙を差し出した。白緑色《びゃくろく》の薄様《うすよう》の紙だ。

「あの後、なにやら気になりまして、私ども高瀬の部屋をよく見てみたのです。するとと、鏡台の引き出しの奥から、これが見つかったのです。小さく畳《たた》んで仕舞われていました」

折り目の皺がついた薄様には、流麗《りゅうれい》な文字が綴《つづ》られている。高瀬が才に長《た》けていたというのは、確かであろうと思われた。

隼人は手に取り、眺める。白緑色の薄様には、こう書かれてあった。

〈京の都《みやこ》はかくありて　悲しや知り合い酒上戸《じょうご》　呑んで深く　頭がぼんやり
薬草はかんにんも　りんごはお仲間〉

よく分からぬ文には、絵も添えられている。薬草らしき草花が五つ、林檎《りんご》が三つ描かれていたのだ。

首を傾げる隼人に、九郎兵衛は言った。

「高瀬は林檎が大の好物だったのです。美と健《すこ》やかさを保つために、よく食べていました」

「林檎はそれほど躰にいいのか」

「高瀬曰く、胃ノ腑《いのふ》や腸《はらわた》の具合が調《ととの》えられるそうです。肌の艶《つや》も違ってくると言っていました」

「なるほどな」

すると高瀬が残したこの文の意味は、このようにも読み取れる。

〈酒が強い知り合いと呑んでいたら、悲しいことに深酒をして二日酔いになってしまった。薬草を煎じたものを呑むのは嫌なので、林檎を食べて治したい〉

しかし隼人はどこか腑に落ちない。

——本当にそういう意味なのだろうか。京の都ってのも、しっくりこねえ。

隼人は九郎兵衛に訊ねてみた。

「高瀬は京の出ではねえよな？　山形の生まれで、寄坐をしていたって話だもんな」

「さようでございます。昨日、お話ししましたとおりです」

「高瀬の客で、京の者はいるかい」

「はい。お大名から商人の方までいらっしゃいます」

「わざわざ京から会いにくるってのか。凄い人気だったんだな」

隼人は目を剝きつつ、思う。

——ってことは、やはり高瀬の天眼通は確かなものだったのだろう。

隼人は気になったことを九郎兵衛に訊ねてみた。

「天眼通の持ち主には、他人のことは視通《みとお》せても、自分のことは視えない者もいると聞いたことがある。高瀬は、自分の身に起きることも視えたのだろうか」

「薄《うつす》らとは視えたみたいです。勘働き程度のもののようですが。それゆえ高瀬は、真に危険なことには近づかずに済んでいる、などと言っておりました。……それなのに、このようなことが起きてしまうのですから、皮肉なものです」

九郎兵衛は項垂れ、大きな溜息をつく。隼人は首を傾げつつ、推測した。

——ならばこの走り書きには、やはり、秘密が隠されているのではねえだろうか。高瀬には何かが薄らと視えていて、自分の身に危険が及ぶことを予感し、秘密の言伝《ことづて》を紙に書いて残していたのでは。

きっと文にはもっと深い意味があるのだろうと察するも、隼人は読み解けない。

「これ、預かってもいいかい？」

「もちろんでございます。高瀬の居場所を早く突き止めていただけますよう、よろしくお願いいたします」

隼人は白緑色の薄様を折り畳み、懐に仕舞う。それから高瀬の部屋を見せてもらった。

御職の高瀬は部屋持ちで、二階の六畳と八畳を二つ使っていた。その部屋に通され、隼人は目を瞠《みは》った。吉原随一と謳われるだけあり、衣紋かけにかけられた衣裳も調度品《ちょうどひん》も豪華なものだ。

――女の着物などには疎《うと》い俺でも、値が張るってことは、一目で分かるぜ。

隼人は苦笑しつつ、ほかにも何か証《あかし》が残されていないか、部屋を探り始める。一応、天井裏や畳の裏まで探してみたが、それらしきものは何も見当たらなかった。

胡蝶屋を出ると、隼人は九郎助稲荷がある羅生門河岸のほうへと向かった。そろそろ正午、昼見世が始まる頃なので、吉原《なか》も徐々に活気づいていく。

小見世の惣半籬《そうはんまがき》の中に遊女が並び、清掻の音や、若い衆たちの呼び込みの声が聞こえ始める。ちなみに見世の格によって籬が異なり、大見世は惣籬、中見世《なかみせ》は半籬、小見世は惣半籬となる。

惣半籬とは、下半分にだけ格子が組まれているもので、そこから身を乗り出してお客を引こうとする遊女もいる。猥雑《わいざつ》にも見えるその眺めは、惣籬の大見世《おおみせ》とはやはり違った。

だが、手軽に安く遊べるので、羅生門河岸の見世は昼間から賑わっている。隼人は、そこを探っている半太を見つけ、声をかけた。

「おう、ご苦労。どうだ、何か分かったか」

半太は頭を掻いて、項垂れた。

「すみません。怪しい者などは、まだ摑んでおりません。高瀬花魁のことは、いろいろ聞き込みましたが」

「そうか。じゃあ、飯でも食いながら話を聞くぜ。蕎麦でいいかい」

「いつもすみません、旦那」

恐縮する半太を連れて、隼人は揚屋町《あげやまち》の蕎麦屋へと向かった。揚屋町には妓楼はなく、表通りには商家が軒を並べ、裏通りには多くの商人や職人、芸者や幇間《ほうかん》、芸事の師匠などが住んでいる。吉原の中にありながら、まさに一つの町のような作りなのだ。

そこの蕎麦屋に腰を下ろし、出されたお茶を飲んで、隼人は息をついた。店の者が直《ただ》ちに蕎麦を運んでくる。鱸《すずき》の天麩羅《てんぷら》がどんと載っていて、つゆが回しかけられているものだ。辛いつゆが効いていて、舌に心地よい。音を立てて蕎麦を手繰りながら、二人は話をした。

「高瀬は、人柄もよかったみたいですよ。羅生門河岸に並んでいる小見世の者たちにも、いつも気さくに挨拶していたようです」

「ほう。お高くとまっていたって訳ではねえんだな。吉原随一の花魁だっていうのによ」

「はい。酒が強くて、客とも呑み比べをしては負かしていたらしいです。滅法明《めっぽう》るくて、気風《きっぷ》がよくて、心優しい人気者だったようで。高瀬を悪く言う者には、まだ会っていません」

「人から恨まれるような花魁ではなかったようだな」

隼人は辛いつゆをずずっと啜り、眉根を微かに寄せる。

「不思議な魅力がある女のようです。ほかの遊女たちからも、憧れられていたみたいですから」

「高瀬には妬《ねた》む気持ちも起きねえってことか」

「粋な姐《ねえ》さんだったんでしょう。妖《あやかし》も好きだったみたいです」

「なに、妖？」

「はい。葉月朔日《ついたち》には白無垢《しろむく》姿で花魁道中を繰り広げますよね。ところが高瀬は毎年、白帷子《しろかたびら》を着て妖に扮《ふん》した姿で、吉原を練り歩いたっていうんです。供の者たちも高瀬に倣《なら》って白帷子を纏って、妖に扮して。高瀬がそれらを従えて練り歩くのは、百鬼夜行《ひやっきやこう》さながらだったといいます。それを朔日のみならず、俄《にわか》の間、一月ずっと続けるんですって。葉月の俄は胡蝶屋の妖道中《あやかしどうちゅう》と、名物だったそうですよ」

百鬼夜行とは、様々な妖たちが列を作って深夜に徘徊《はいかい》することであり、古くから言い伝えられている。

「そりゃ凄えな。ちょっと見てみてえぜ」

隼人は唸り、腕を組んだ。

吉原では、葉月朔日を白無垢姿で祝った後、葉月晦日《みそか》まで、俄という催しを続ける。新吉原になってから、芝居好きの引手茶屋《ひきてぢゃや》の主人や妓楼の主人たちが集まり、俄狂言《にわかきょうげん》を作って仲の町《なかのちょう》を練り歩いたのが始まりという。俄の催しの間は、幇間や芸者を中心に、茶屋や妓楼の者たちも加わって、踊りや芝居を演じながら行列する。車のついた舞台を引いて回り、その上では歌舞伎の名場面などを真似て、それは華やかな賑わいとなる。

ちなみに仲の町とは、大門から水道尻《すいどじり》まで、吉原の真ん中を真っすぐに貫く大通りのことである。この通りの両側には引手茶屋が軒を連ね、花魁道中もそこで繰り広げられているのだ。

妖道中に興味を惹かれつつ、隼人は目を泳がせた。

「しかし、今年はどうするんだろうな。もうすぐ葉月朔日だが、あの二人をそれまでに見つけ出すのはちいと難しいかもしれねえ」

「なるべく見つけ出せるよう、頑張ります」

半太は姿勢を正す。

胡蝶屋の者たちは、高瀬が行方知れずになっていることは伏せている。高瀬の客たちには、体調が優れず向島の寮《りょう》（別荘）で養生《ようじょう》していると、言い訳しているようだ。

隼人は半太の肩を叩いた。

「亀吉がいねえから、たいへんだろうが、お願いするぜ」

「はい。……あ、そういえば」

半太は、急に思い出したかのように目を瞬かせた。

「小見世の若い衆が、このようなことを言っていました。怪しい者かどうかは分かりませんが、高瀬が消えた日の昼過ぎ頃から、侍が仲間と一緒に九郎助稲荷のあたりをうろうろしていたと」

「どんな侍だろう」

「あの日は雨が降っていたから、侍たちも傘を差していて顔ははっきり見えなかったそうですが、なかなか立派な身なりだったと言っていました。もしや旗本《はたもと》かもしれません」

「旗本何人かで、ただ遊びにきていただけなんじゃねえか」

「いえ、それが、一緒にいた者たちは着流しの砕けた雰囲気で、なにやら用心棒風情だったといいます」

「何人ぐらいでいたんだ」

「侍も含めて、四人だったそうです」

「ふむ。それは、ちいと妙だな。用心棒風情というなら、旗本の供《とも》とも思えねえ」

隼人は顎を撫でつつ、目を泳がせる。用心棒といえばまだ聞こえがよいが、破落戸《ごろつき》とも考えられるからだ。

「その旗本が誰か分かったら、すぐに教えてくれ」

「合点《がってん》です」

半太は、しかと頷いた。

蕎麦屋を出ると、半太は中で聞き込みを続け、隼人は吉原を後にした。

隼人は日本堤を引き戻り、途中で猪牙舟《ちょきぶね》に乗って、今度は深川《ふかがわ》へと向かった。高瀬の上客だったという、材木問屋の大旦那に話を聞きにいくのだ。

材木問屋〈長谷屋《はせや》〉があるのは、亀久橋《かめひさばし》に近い冬木町《ふゆきちょう》だ。掘割を挟んで、冬木町の南には富岡八幡宮《とみがおかはちまんぐう》が、北には浄心寺《じょうしんじ》が見える。木置き場に近いこのあたりには、材木問屋が集まっていた。

長谷屋は間口十間（およそ一八メートル）以上の大店で、風格のある構えだった。隼人が暖簾を潜ると、番頭が慇懃無礼《いんぎんぶれい》に出迎えた。

「大旦那の甚右衛門《じんえもん》に、ちいと話があるのだが」

「かしこまりました。どうぞお上がりください」

番頭に案内され、隼人は奥へと向かった。

居間へ通されると、端女がすぐにお茶と羊羹を運んできて、少しして甚右衛門が現れた。齢六十近いと思われるが、恰幅《かっぷく》がよく、肌の色艶も優れている。

甚右衛門は深々と礼をした。

「お役人様、お務めご苦労様でございます」

「うむ。忙しいところ、悪いな」

「いえいえ。お気になさらないでください。ところでお話とは、どのようなことでございましょう」

隼人は甚右衛門を見据えた。

「吉原は胡蝶屋の高瀬についてだ。胡蝶屋は高瀬のことを、病で臥せっていると言っているが、実は行方《ゆきがた》知れずになっているんだ」

甚右衛門は目を見開き、一瞬、言葉を失う。喉を鳴らし、声を絞り出した。

「そうなのですか……まったく、存じませんでした。まさか、勾引《かどわ》かしなどではありませんよね」

「うむ。まだ、何とも言えねえが、騒ぎに巻き込まれたってことは考えられなくはねえ。高瀬は足抜きをするような女ではねえようだしな」

　甚右衛門は大きく頷いた。

「それはないと、私も思います。私をはじめ、身請《みう》けしたいと申し出ている者は数多《あまた》いましたから。すべてを放り出して間夫《まぶ》と駆け落ちするほど、高瀬は愚かではありませんよ」

「すると、やはり、何かに巻き込まれたってことだよな」

　隼人と甚右衛門の目が合う。隼人は続けた。

「胡蝶屋の主人から、お前さんは高瀬と非常に親しかったと聞いた。どうだ、最近、高瀬に何かおかしなところは見られなかったか？　どんなことでもいい。もし気づいていたことがあったら、すべて話してくれねえか」

「さようでございますね……」

　甚右衛門は暫し目を泳がせ、膝を叩いた。

「そういえば高瀬は一月前頃から、なにやら、橋が危ない、とよく言っておりました」

「橋だと？　何かが視《み》えていたのだろうか」

「そうだったのかもしれません。昨今では、素材の悪い材木を使って、手抜き普《ふ》請《しん》で金を浮かせようとする輩《やから》もおりますのでね」

甚右衛門は溜息をつく。隼人は顔を顰《しか》め、腕を組んだ。

「なるほどな。ふてえ野郎もいるもんだ。手抜き普請なんてやっているのは、いったい、なんて奴だ」

「島田町《しまだちょう》の〈阿積屋《あづみ》〉です」

「なるほど。で、高瀬は、その阿積屋の主人とは面識はあったんだろうか」

「ないと思われます。阿積屋の大旦那と若旦那も吉原で遊んでいるようですが、別の妓楼を訪れておりますからね。それに二人とも狡《こす》い男なので、高瀬ならば相手にしないでしょう」

隼人は甚右衛門を眺め、笑みを漏らした。

「高瀬はそれほど、いい女だったのかい」

「はい。さようでございます。あれより綺麗な遊女はほかにもおりますが、高瀬にはなんともいえぬ魅力があるんですよ」

「天眼通があったというじゃねえか。酒も強かったんだろう」

「はい。どちらも見事なものでした。呑み比べをしましても、いつも私が負かされましてねえ。笑う時も大きな口を開けて、豪快なんですよ。……それでいて、私の内儀《ないぎ》が亡くなった時は、涙をこぼしてくれましてね」

笑みを浮かべて話していた甚右衛門の声が、微かに震える。その目が不意に潤んだのを、隼人は見逃さなかった。

甚右衛門は、深々と頭を下げた。

「お役人様、お願いいたします。高瀬をどうか見つけ出してください。私にできることであれば、いくらでも力添えいたします。だから……どうか」

畳に頭を擦りつける甚右衛門の肩を、隼人は叩いた。

「分かったぜ。必ず見つけ出すから心配するな。……いろいろな者の話を聞くに、高瀬は、消えてしまうには惜しい女のようだからな」

甚右衛門はゆっくりと顔を上げ、洟を啜った。

「お役人様の仰ることを信じます。……八朔《はっさく》の日の花魁道中は、見られそうもありませんが」

「あと三日しかねえからな。でもよ、花魁道中っていうより、妖道中だったっていうじゃねえか。面白いことを考えるもんだな」

「高瀬は、思いつきに溢《あふ》れていましたからね。そしてすぐに実行してしまうんです。妖の姿といいましても、白狐《びゃっこ》みたいな風情でね。髪にまで白い花を飾って、それはもう、名物になっておりました」

「それが見られないのは、残念だよな」

「さようでございます」

項垂れる甚右衛門に、隼人は高瀬が残した走り書きを見せた。甚右衛門は食い入るように眺め、言った。

「高瀬は暗号のような文を作るのが得手《えて》でしたので、これもそのようなものだと思います。恐らくは挟《はさ》み言葉なのでしょうが、私もちょっと読み解けませんねえ」

優れた花魁は、周りの者たちに気づかれないように、真に伝えたいことの間によぶんな文字を挟んで、別の意味の文に作り替えることがあるという。挟み言葉というもので、文字をいくつか飛ばして読めば、真の意味が現れるという按配《あんばい》だ。高瀬はそれが得意で、話し言葉でも書き言葉でも、よく使っていたという。

――やはり、この走り書きには秘密が隠されているようだ。

隼人は顎をさする。だが隼人も甚右衛門も、読み解くことはできなかった。

八つ半（午後三時）近く、隼人は雪月花を訪れた。

「いらっしゃいませ。どうぞお上がりください」

里緒に淑やかに迎えられ、隼人は頬が緩むも、毅然《きぜん》と返した。

「いや、今日はここでよい。見廻りの途中だからな」

「あ……。さようですね。失礼いたしました」

里緒は丁寧に頭を下げる。隼人は懐から紙を取り出し、里緒に渡した。

「高瀬の部屋から見つかったんだ。何か意味が隠されているのではねえかと思うんだが、俺では読み解けねえ。里緒さんの勘働きならば、分かるのではないかと思ってな」

白緑色の薄様の紙を眺め、里緒は目を瞬かせる。

「〈京の都はかくありて　悲しや知り合い酒上戸《じょうご》　呑んで深く　頭がぼんやり薬草はかんにんも　りんごはお仲間〉、ですか。草花と林檎の絵が描かれているのも気になります」

「吉原には挟み言葉などというものがあるみてえで、高瀬はそれが得手だったそうだ」

隼人は挟み言葉について、里緒に説明した。

「言葉遊びみたいで、面白いですね。高瀬さんって、やはり凄いです。そのような文章を即興《そっきょう》で作ってしまわれるなんて」

里緒は素直に感心する。隼人は今日の探索で摑《つか》んだことを話した。

「それでな、その手抜き普請をしているという材木問屋がなにやら臭うんで、探りを入れてみようと思う。もしや、高瀬の天眼通で悪事に勘づかれたと思い、それでどこかに連れていっちまったのかもしれねえしな」

「では、磯六さんもその者たちに連れていかれたのでしょうか」

「まだはっきりとは分からねえが、そうだとすると……もしや、里緒さんのご両親のことにも、材木問屋が関わっているのだろうか。高瀬と磯六によって、今まで重ねてきた悪事がいろいろとバレるかもしれねえと恐れて、口封じのために二人をどこかに隠しちまったと」

二人の目が合う。里緒は手で胸を押さえた。

「私の両親は、材木問屋に恨まれるようなことはなかったように思いますが」

「まだ決まった訳じゃねえよ。あくまで、勘働きだ。とにかく探索を進めていく。里緒さんには、高瀬が残した文の意味を考えてみてほしい。お願いできるかい」

「はい。もちろんです。お預かりしてもよろしいのでしょうか」

「おう、よろしく頼む」

隼人は白緑色の薄様を里緒に渡し、雪月花を後にした。

隼人が帰った後も、里緒は腰を下ろしたまま暫く紙を眺めていた。

隼人は寅之助にまたも頼み、若い衆たちに、半太と一緒に磯六と高瀬の行方も探ってもらうことにした。

山之宿町の見張りも引き続き頼んでいるが、騒ぎはこのところ起きていないので、隼人はひとまず安心していた。

気懸かりなのは、亀吉からの便りが途切れてしまっていることだ。

――文が届くのに時間がかかっているのだろうか。それとも……江戸を出る時から誰かに尾《つ》けられていて、途中で何かあったってことはねえよな。

そのような不安が過《よぎ》る。しかし隼人は、里緒を心配させぬよう、黙っていた。

三

葉月になり、暑さの盛りは過ぎたが、日中はまだ汗ばむこともある。雪月花では、季節の湯として、薄荷湯《はっか》を振る舞い始めた。

薄荷は清国《しん》から伝わり、元禄《げんろく》の頃から薬用とされている。頭痛、肩凝《こ》り、躰の痛みなどに効き目があるのだ。薄荷の茎と葉は、風呂に入れると保温性があって冷え症に効く。暑さが残るこの時季、清々しい香りの薄荷湯は、お客たちにも好評だった。

《昼下がりの憩い》に集う女のお客たちに出す、柚子《ゆず》の水羊羹も喜ばれた。お柳にはまだ休んでもらっているが、それでも季節の湯と甘味を目当てに訪れる女たちは多かった。

八朔梅《はっさくばい》もちらほらと咲き始めた。せせらぎ通りを歩く時、里緒は思わず足を止めて、眺めてしまう。八重の淡紅《たんこう》色の八朔梅は、秋の梅とも呼ばれる。

――そういえば、お父さんが教えてくれたわ。八朔梅と名づけたのは、武田信玄《たけだしんげん》公だって。

里緒の父親の里治は、軍記物を好み、たまに講談を聞きにいっていた。そのようなことを思い出し、里緒の顔が不意に曇る。

――お父さんが貸本屋さんから借りたという本、まだ見つからないのよね。いったいどこに隠れているのかしら。

里緒も探してはいるのだが、それらしきものはなかなか見当たらない。溜息をつきつつ、ほころびかけた八朔梅の蕾《つぼみ》に目をやる。愛らしいその様は、里緒の心を癒してくれた。

葉月朔日のことを、八朔《はっさく》と呼ぶ。この日には、徳川《とくがわ》将軍家から諸大名、町人に至るまで、こぞって祝儀を行う。家康《いえやす》公が初めて江戸城に入城し、江戸幕府の礎《いしずえ》が築かれた日だからだ。

江戸詰めの諸大名は白帷子の装束で江戸城に登城し、八朔御祝儀に列席した。大奥《おおおく》でも、御台所《みだいどころ》をはじめとして奥女中《おくじょちゅう》のすべてが白帷子に付帯の姿となった。吉原でも遊女たちが白無垢《しろむく》姿で花魁道中を繰り広げる。町人たちも赤飯を炊いて、徳川の安泰を祝い、秋の豊作を祈るのだ。

その日、雪月花でも朝から赤飯を用意し、お客たちに出した。

朝餉の膳を眺め、お客は相好《そうごう》を崩す。白に染まる吉原を見物しに、下野国《しもつけ》は那須《なす》から訪れたという男二人組だ。

「これは旨そうだなあ」

「今年初の秋刀魚《さんま》だ。匂いが堪らない」

膳には、赤飯、椎茸《しいたけ》と油揚げの吸い物、秋刀魚、冬瓜の梅酢漬け、刻んだ大葉と茗荷をかけた冷奴が並んでいる。

二人は笑顔で食べ始めるも、里緒は気に懸かったことを訊ねた。

「あの……蚊《か》がいましたでしょうか」

一人が、腕をぽりぽり掻いていたからだ。その腕には、蚊に刺されたような痕《あと》も見受けられた。

「ああ。どこかにいたみたいだな。でも、大したことないよ」

「まだ暑いから、窓を少し開けて寝ちまったんだ。蚊ぐらい仕方ねえ」

部屋ごとにまだ蚊帳《かや》を置いてあるのだが、暑いからと使わないお客は多い。

里緒は姿勢を正し、丁寧に詫《わ》びた。

「ご迷惑おかけしました。本日は蚊が出ないよう気をつけますので、お許しくださいませ」

そしておもむろに腰を上げると、一階へ下り、薬が入った容れ物を持って、再び二階へ上がった。

「これをお塗りいただけましたら、痒《かゆ》みが引くと思います」

薬からは独特の匂いがする。蚊に刺されたお客は怪訝《けげん》な顔をしつつも、その薬を腕に塗った。それほど沁《し》みなかったのだろう、男は再び塗った。

「それで様子を御覧になってみてください」

「そうしてみるよ」

里緒に優しく微笑まれ、お客は頷いた。

この虫刺されに効き目のある薬は、里緒自らが作ったものだ。ドクダミは十薬《じゆうやく》と呼ばれるほどに、様々な効き目がある。その白い花を瓶《びん》に詰め、焼酎をたっぷり注ぎ、日陰に置いておく。七日ほどで使えるようになるが、一月置けば効き目はさらに増す。

里緒はこの薬の作り方を母親から教えてもらった。小さい頃、虫に刺されると、母親によく塗ってもらったのだ。里緒はドクダミの効能を信じていて、雪月花では常に保存してあった。

赤飯と秋刀魚の朝餉はお客たちにとても喜んでもらえて、里緒たちも嬉しかった。お客たちの膳を片付けた後でお竹たちに訊いてみると、ほかにも蚊に食われたお客がいたようだ。

「白檀《びやくだん》のお線香だけでは間に合わないみたいね。うっかりしていたわ。こうなったら、ヨモギを焚きましょうか」

ヨモギの煙は虫除《よ》けにもなる。お客たちを迎える前の掃除の際、いつも各部屋で白檀の線香を炷《た》くようにしているが、それはよい香りを漂わせることだけではなく、虫除けも兼ねている。虫は白檀の香りが苦手だからだ。

夏の間は、お客たちが出かけていることが多い昼間にも、各部屋で線香を炷かせてもらう。蚊除けのためだが、暑さがまだ残る時季、線香だけではじゅうぶんでなかったようだ。

「お客様たちが出かけている間に、大きめの火鉢で一気に炷いてしまいましょうか？　二階中に広がるように」

「九つ半（午後一時）の少し前頃がよいのではないでしょうか。新しいお客様方がお見えになる前で、泊まっていらっしゃるお客様方はお出かけになっている頃ですから。《昼下がりの憩い》の、始まる前ですし」

意見を述べるお栄とお初に、里緒は微笑んだ。

「そうね。それがいいかもしれないわ。ヨモギを多めにして炷けば一階にも回って、旅籠中の虫除けができるわね」

「ヨモギの香りを嫌いという人はあまりいませんからね。香りが少々残っていても大丈夫でしょう」

お竹も口を出す。里緒は仲居たちに告げた。

「では九つ半近くになったら、速やかに行いましょう」

女四人、頷き合った。


ヨモギを大きめの火鉢に入れて焚くと、煙はもうもうと立ち上り、雪月花に広がった。窓を閉め切って煙を充満させ、少し経ってから窓を開けて空気の入れ替えをするつもりだ。

その間、里緒たちは裏庭へと出ていた。煙が思いのほか勢いがよくて、目に沁みそうだったからだ。

鳳仙花《ほうせんか》もそろそろ終わりで、実ができ始めている。それを眺めながら、皆で立ち話に興《きょう》じた。

「しかし、ヨモギの煙や匂いって、なかなか強いですね。これをいつも使っているのなら、やいと屋さんのところには虫は出ないでしょうね」

「秋月堂さん、そろそろ仕事を始めるみたいだな。躰はすっかり治ったようだ」

お竹と吾平の話に、里緒が口を挟んだ。

「大事に至らなくて、よかったわね。純太さんも若いだけあって、ちゃんと歩けるようになったみたい」

「お二人とも無事で、本当によかったです」

お栄が言うも、お初は少し顔を曇らせた。

「でも、団栗長屋のお婆さんは、亡くなってしまわれたんですよね」

一同、口を噤《つぐ》んでしまう。里緒は満作の木に目を留めた。里緒の祖父は十年前に齢六十四で、祖母は九年前に齢六十三で亡くなった。祖父は風邪をこじらせたこと、祖母は肺にできた腫物《はれもの》が原因だった。

――今年は、お祖父さんの十一回忌ね。

優しかった祖父母の笑顔を思い出し、里緒の胸に懐かしさとともに、切なさが込み上げる。

しんみりとした空気を打ち消すかのように、幸作が声を出した。

「このところ騒ぎは落ち着いてますが、油断できないというか、気をつけたほうがいいですよね」

里緒は我に返り、吾平たちと目と目を見交わして、頷き合った。

ヨモギを焚き終えた頃、裏口の戸を開けると、煙が流れ出てきた。里緒たちは微かに噎《む》せながら、手で煙を払い除《の》ける。

三和土《たたき》に上がると、お竹が廊下を指差して声を上げた。

「こんなところに小蠅《こばえ》が落ちてますよ。やっぱり効き目があるんですねえ」

「本当ね。あちこちに落ちているわ」

里緒も感心する。

「すぐに掃除いたします」

お栄とお初は箒と塵取りを手に、直ちにかかる。

草花の持つ力を改めて感じつつ、里緒はふと思った。

——長屋であった妙な臭いの騒ぎ。あれも、このようなものを焚いて、煙を撒《ま》いたのかしら。虫ではなくて、人を負かしてしまうようなものを使って。それはいったい、何だったのかしら。


その団栗長屋のお柳もだいぶ快復していたが、仕事に復帰するにはもう少しかかりそうだった。それゆえ里緒は、《昼下がりの憩い》のもてなし自体を、三日の間休むことにした。

繁盛するのはよいが、働きづめだと、やはり皆に疲れが出てくるからだ。季節の変わり目でもあるし、無理をして躰を壊すのを防ぐため、里緒は少しのんびりすることに決めたのだった。

八つ（午後二時）に新しいお客たちを迎え入れた後で、里緒は吾平とお竹とともに帳場で寛いだ。

「いいわね。ゆっくりするのも」

「女将、あのもてなしは、二日に一遍《いっぺん》でもいいと思いますがね。うちは旅籠で、あくまで泊まりのお客様が中心なのですから」

吾平に意見され、里緒は息をついた。

「確かに吾平の言うとおりね。昼下がりのおもてなしのほうは、無理せず、余裕を持ってやっていきましょう」

「始めたばかりの頃だったから、お客様が押しかけたのでしょう。三月目ですから、次第にお客様の足も落ち着いて参りますよ」

お竹の言葉に、里緒は頷く。すると幸作が、お茶とともに料理を運んできた。

「女将さんに是非、味を見ていただきたく」

差し出された皿を見て、里緒は目を細めた。黄金《こがね》色の薩摩芋《さつまいも》が載っていたからだ。

「もう、こんな時季なのね」

「生姜と蜂蜜で煮てみました」

里緒は箸を持ち、一口食べる。優しい甘さの味わいに、刻んだ生姜が利いていて、頬が緩《ゆる》んだ。

「美味しくできているわ。お客様にも喜んでもらえるわね。これならば、辛めのお味噌汁に入れても乙《おつ》かもしれない」

「おっ、それはいいですね。早速試してみます。気に入っていただけたんで安心しました。皆さんで、召し上がってください」

幸作は一礼して下がる。里緒たちは笑顔で、薩摩芋の蜂蜜生姜煮を味わった。

食べ終えてお茶を啜っていると、二階から駆け下りてくる音が聞こえてきて、帳場の入口にかけた長暖簾が押し分けられた。

お栄とお初が真剣な形相《ぎょうそう》で入ってきたので、里緒は目を瞬かせた。

「どうしたの、あなたたち」

「みっ、見つかったんです」

「旦那様が貸本屋から借りていらっしゃったと思《おぼ》しき本が」

「ええ、本当？」

里緒のみならず、吾平とお竹も身を乗り出す。

「いったいどこにあったんだ」

「二階の納戸《なんど》の、行李《こうり》の中にありました」

「いろいろなものと一緒に押し込められて、下のほうで眠っていました」

里緒はおもむろに立ち上がり、二人の肩に手を置いた。

「そうだったのね。見つけてくれて本当にありがとう。ところで、どんな本？　見せて」

お栄が本を渡すと、里緒は裏表紙を見て、確認した。ついていた刻印《こくいん》は、かつてせせらぎ通りにあった貸本屋〈桂木堂〉のもので間違いなかった。そして本の内容は、武田信玄公について書かれたものだった。

お竹が息をついた。

「どこを探しても見つからなくて正直諦めかけていたのに、あんたたち、よく見つけ出したわね」

本を捲《めく》って食い入るように眺める里緒の傍らで、お栄とお初は答えた。

「私たち、ずっと、二階の納戸の掃除が気になっていたんです。あそこにはいろいろなものが詰め込まれているので、一度しっかり片付けたいな、って。とはいえ、二階にはいつもお客様がいらっしゃいますから、なかなか隅々《すみずみ》まで片付けられずに、おざなりになってしまって」

「今日はちょうどお客様方が揃って外へ出ていらっしゃって、《昼下がりの憩い》のおもてなしもお休みなので、思い立って二人で納戸の掃除を始めたんです」

「師走《しわす》の大掃除の時にも手が回らなかった、行李の中も片付けようと、取りかかりました。それで、見つけたという訳です」

吾平は頷いた。

「よくやった。ご苦労だったな。お前らも少し休め。幸作がとびきり旨い芋の料理を作ったから、持ってきてやるよ」

「ありがとうございます」

笑顔で声を揃えるお栄とお初を交互に眺め、吾平は微かに眉根を寄せた。

「お初、右目が赤くなってるぞ。どうした」

里緒も目を、本からお初に移す。お初は指で目元を押さえた。

「あ、お掃除した時に、埃《ほこり》が少し入っただけです。大丈夫です。すぐにもとに戻ります」

「大丈夫って言ったって、そんなに赤くなっていたんじゃ、痛いんじゃないか」

吾平が心配する。里緒はお初の小さな肩に、そっと触れた。

「ちょっと待ってて。お料理と、目に効くものを持ってくるから」

吾平に目配せし、里緒は帳場を出て、板場へと向かった。

薩摩芋をよそった皿を持ってすぐに戻り、それをお栄に渡すと、里緒はお初に向かい合った。

「少しひんやりして、沁みるかもしれないけれど、我慢してね」

里緒はそう言うと、小皿に入れた水を薬指につけ、お初の右目の瞼《まぶた》にそっと塗った。

「痛くない？」

「はい、大丈夫です」

里緒が何度か塗ると、お初の目から涙がこぼれた。お初は、あ、と小さな声を上げる。涙とともに、目から埃が流れ出たようだ。

お栄は目を瞬かせた。

「女将さん、何をお塗りになったのですか」

「薄荷水《はっかみず》よ。すっとする刺激で、涙が出るという訳ね。……どう、お初。目に、おかしな感じはなくなった？」

「はい。すっきりしました。女将さん、ありがとうございます」

里緒は懐から薄紫色の懐紙を取り出し、お初の目の周りを優しく拭う。目に埃が入ってなかなか取れない時に薄荷水を使うと効き目があるというのも、母親の珠緒に教えてもらったことだった。

その夜、湯を浴びて、肌を整え、髪を乾かしながら、里緒は一息ついた。障子窓を少し開け、夜風を入れる。夏椿も終わり、風鈴も昨夜片付けてしまったが、金魚は水鉢の中で変わらずに愛らしく泳いでいる。

それを眺めながら、里緒は湯吞みを手に、喉を潤す。青柚子《あおゆず》と生姜を蜂蜜と塩で漬け、それを漉《こ》した汁を水で割ったものだ。青柚子の爽やかな酸味が、一日の疲れを癒してくれる。

行灯の柔らかな明かりの中で、里緒は、今日見つかった本を手に取った。武田信玄公について書かれた本を捲りながら、思う。

――お父さんが借りたのは、やはり悲恋物語などではなかったのね。軍記物が好きだったお父さんらしいわ。すると……お父さんが日記に書き遺していた感想らしき和歌の意味も、違ってくるわね。

里緒はしなやかに立ち上がり、簞笥の引き出しを開けて、父親の里治がつけていた日記を取り出した。再び腰を下ろして、それを捲る。

〈かわなかにしずむおうせは　いずくよも　されどこいぢか　あきはむなしき〉

　里緒は初め、その歌を、こう捉《とら》えた。

〈川中に沈む逢瀬《おうせ》は　いずく夜も　されど恋路か　秋は虚《むな》しき〉

それゆえ、悲恋や心中立ての意味を含んでいると察し、里治はそのようなことについて書かれた本を読んだのではないかと思ったのだ。

——でも、違っていたようね。信玄公について書かれた本の感想と捉えるならば、どうなるかしら。

　里緒は考えを巡らせ、顎にそっと指を当てた。里治は、信玄と上杉謙信《うえすぎけんしん》の領土争いの虚しさを詠《よ》んだのだと、気づいたのだ。

「かわなか」の意は、川の中ではなく、川中島《かわなかじま》であろう。

「おうせ」の意は、逢瀬ではなく、応戦であろう。

「いずくよ」の意は、いずく夜ではなく、いずく世《よ》であろう。

「こいぢ」の意は、恋路ではなく、小泥であろう。

古語では小泥を「こひぢ」と読み、恋路と掛詞《かけことば》にすることが多いのを、里緒は思い出したのだ。歌謡《うたよう》や言葉遊びについて書かれた黄表紙《きびょうし》で、読んだことがあった。

　そして泥は土、つまりは土地とも考えられるだろう。

「秋は虚しき」の意は、秋の戦いの虚しさを嘆いていると思われた。

　一般的に川中島の戦いといえば第四次の合戦を指し、それは九月、つまりは秋に行われている。

　里治が遺した和歌
〈かわなかに　しずむおうせは　いずくよも　されどこいぢか　あきはむなしき〉

　の真の意味は、恐らくはこうだったのだ。

〈川中に　沈む応戦は　いずく世も　されど小泥か　秋は虚しき〉

　里緒は目をゆっくりと瞬かせた。

　――お父さんは、土地争いの虚しさを感じて、この歌を詠んだのだわ。

　金魚が跳ねて、水が弾《はじ》けた。水鉢をぼんやりと眺めながら、里緒はふと思う。

　――いずく世も、ということは、つまりは、いつの世も、土地を巡る戦いがあるということを言いたかったのね。

里緒は、勘づき始めた。

信玄公と信州の結びつきは強い。甲斐《かい》国に生まれた信玄公が、北信濃《きたしなの》の覇権《はけん》を巡って上杉謙信公と戦った川中島の戦いは、計五回、十二年に及んだ。結局、決着はつかなかったものの、信玄公は信濃国をほぼ平定《へいてい》した。

——お父さんとお母さんは、信州に行って、信玄公と所縁《ゆかり》のあるところを一緒に見て回ろうと思っていたのではないかしら。それでお父さんは、信玄公について書かれた本を借りたのかもしれないわ。

そう思うも、里緒は首を傾げる。それならば、信州への旅を計画していることを里緒に嬉々《きき》として語っただろうに、両親は急に思い立ったように出かけてしまったからだ。

里緒は青柚子の飲み物で喉を潤しながら、考えを巡らせる。不意に、昨年の晩秋、せせらぎ通りの者たちが巻き込まれた事件が起きた時に、お竹が言っていたことを思い出した。

以前、雪月花を売ってくれと言ってきた者がいたということを。

——すると……お父さんとお母さんは、もしや土地争いに巻き込まれたのでは。

里緒は顔を強張《こわば》らせた。

——お父さんとお母さんが旅に出る前、当時の纏め役だった貸本屋のご主人と話し込んでいたのは、そのことについてだったのではないかしら。誰かが立《た》ち退《の》きを要求していて、うちや、貸本屋さんに話を持ちかけていたのでは？　お父さんとお母さんは頑《がん》として断ったけれど、貸本屋さんはなんだか怖くなって、ここを去ってしまったのかもしれないわ。その人たちからいったん逃げるために、お父さんたちは旅へ出たのでは？　それならば、急に出かけてしまったというのも分かる……。

こめかみのあたりが急に痛くなり、里緒はそっと手で押さえた。

少し開けた障子窓から聞こえてくる鈴虫の音も、里緒の耳には入らなかった。

隼人は長屋の騒ぎを起こした者たちを追いつつ、里緒の両親の死について、そして磯六と高瀬の失踪《しっそう》についても探っていた。

長谷屋の主人から聞いた、悪い噂のある材木問屋を調べていたところ、その阿積屋は俠客《きょうかく》と繋がっていることを摑んだ。

猪崎《いのさき》組という者たちで、土地を買い漁《あさ》っている、地上げ屋でもある。両国を拠点として、賭場《とば》や矢場《やば》、闘犬や闘鶏、遊女屋などで荒稼ぎしている者たちのようだ。

——猪崎組か。なにやら臭うぜ。

隼人は勘を働かせた。

——吉原は火事も結構あるし、建て替えだの修理だので、材木問屋の出入りは多いだろう。それに侠客が絡んでいるとすると……磯六や高瀬を外に連れ出すことは難しくはねえな。

眉根を寄せつつ、隼人は盛田屋へと向かった。

「おう、親分いるかい」

長暖簾を潜って声を上げると、若い衆たちが威勢よく迎えてくれた。

「旦那、お疲れさまです。どうぞ奥へ」

「忙しいところ悪いな」

隼人は上がり框を踏み、民次の肩を叩いた。

「見張り、ありがとよ。ところで、錦絵通りの奴らに不穏な動きはねえか？」

民次は首を傾げた。

「いえ、まだ見られやせん。旅籠の〈風月香《ふうげつか》〉には特に注意していやすが、別にこれと言って怪しいこともなく」

「そうか……。まあ、もう少し見張っていてくれ。いろんなことを頼んじまって、すまねえが」

「旦那、お気になさらず。俺たち、結構楽しんで力添えさせていただいておりやすんで」

民次の笑顔に、隼人の心も和らぐ。

「おう、頼もしいぜ。で、磯六のほうは何か分かったか」

すると民次は不意に顔を曇らせた。

「いえ……。そちらのほうは、俺たちも手懸かりがなかなか摑めなくて。ただ、磯六が消えたと思しき日に、体格のよい野郎たちが数人固まって衣紋坂を上がっていくのを見たって者がいやした。その野郎たち、用心棒はたまた破落戸《ごろつき》風情だったそうで」

「そいつらに囲まれて、背中に短刀でも突きつけられて、どこかに連れ去られたとも考えられるな」

二人の目が合う。隼人は息をつき、民次の肩を叩いた。

「ありがとよ。そちらの探索も、もう暫く続けてくれ」

「かしこまりやした」

民次はしかと頷き、隼人を内証へと案内した。

内証で寅之助と向かい合うと、お貞がすぐにお茶と雷おこしを運んできて、速やかに下がった。寅之助もお貞もどことなく元気がないように見えるのは、磯六がなかなか戻ってこないからだろう。

苦渋《くじゅう》を隠せぬ寅之助の面持ちを窺いながら、隼人は切り出した。

「親分に訊きてえことがあって来たんだ。両国あたりを縄張りとしている、俠客の猪崎組って知らねえかい？」

寅之助は煙管を置き、隼人を真っすぐに見た。

「もちろん知ってますよ。あいつら、何かやったんですかい」

「いや、まだそうと決まった訳ではねえが、もしや今回の吉原の一件に、奴らが関わっているんじゃねえかと思ってな」

「どういうことですか」

顔色を変えて身を乗り出す寅之助に、隼人は摑んだことを話した。寅之助は黙って聞き、唸った。

「奴らが嚙《か》んでいるとしたら、大事《おおごと》かもしれませんぜ」

「悪名高いのか」

「そりゃ、もう。でも、ここ数年はおとなしくしていたんですがね。以前は、荒稼ぎするには手段を選ばねえ奴らと評判でしたよ。……磯六はもしや、奴らの何か重大な悪事を知ってしまったんじゃねえでしょうか。花魁も然《しか》りで、それで、ともに連れ去られたんじゃ」

寅之助は肩を落とし、項垂《うなだ》れる。隼人は、一瞬、言葉を失った。これほど弱気な面持ちになった寅之助を見るのは、初めてのような気がしたからだ。

戸惑っていると、寅之助は不意に顔を上げ、隼人を食い入るように見た。

「旦那、拙《まず》いですぜ。……磯六はもう」

「そんなことはねえよ。弱気になるな、親分らしくもねえ。嫌なことを言っちまうが、そんな奴らなら、磯六を本気で殺《や》るつもりだったら吉原の中でさっさと刺しちまっただろうよ。わざわざ連れてったってことは、何かを聞き出すつもりか……あるいは、暫くおとなしくしてろ、ってことか」

隼人と寅之助は目と目を見交わす。寅之助は再び項垂れ、声を絞り出した。

「磯六は、わっしが育てた、大切な子分なんです。旦那もご存じでしょう。あいつは遊女屋で生まれ育って、それで蔑《さげす》む者もいて、手のつけられねえ暴れ者になっちまったところを、わっしが預かって。……旦那にだから言いますけれどね。初めはあいつ、わっしにも生意気な態度でね。ぶん殴ってやったら、涙をぼろぼろこぼすんですよ。悔しいのかと思いきや、違ってね。あいつ、親父に殴られたみたいだ、って」

隼人は黙って寅之助の話を聞く。寅之助は洟《はな》を啜った。

「それから、あいつの話を聞いてやったんですが、今度はわっしが泣いてしまいやしてね。男二人、やけにしょっぱい固めの盃を交わしたって訳ですよ。磯六に限らず、うちの若い衆たちは皆、わっしの実の倅みたいなもんですがね、磯六には特に思い入れがあるんです。山之宿の鼻つまみ者って蔑まれてたあいつを、今じゃ山之宿を守る男に育て上げたのは、このわっしですから。だから……どうぞ旦那。磯六を見つけ出してください。このとおりです」

寅之助は、額を畳に擦りつけるように、頭を下げる。

寅之助はずっと息子がほしかったようだが、娘しか生まれなかった。その一人娘も上方《かみがた》に嫁いでしまったので、若い衆たちを実の倅のように可愛がっている寅之助の気持ちを、隼人も分かっていた。

隼人は寅之助の逞《たくま》しい肩を叩いた。

「こうなりゃ、必ず捜し出してやる。親分も、猪崎組の動きで何か摑んだら、教えてくれ。勝手に乗り込むなんてことはするなよ。あくまで、まだ怪しいという段階だからな」

「はい。早まった真似はやめときます」

二人は頷き合う。隼人は、気に懸かったことを訊ねた。

「さっき、猪崎組の奴らはここ数年おとなしくしていた、と言っていたが、それはどうしてだったんだろう」

「なんでも親分の具合が悪くて臥《ふ》していたそうですが、快復したらしく、また手荒なことを始めたようで」

猪崎組の親分は猪蔵《いぞう》といい、齢五十五の、青白い顔の剃刀《かみそり》のような男とのことだ。

隼人は寅之助に礼を言い、磯六を助け出すことを約束して、盛田屋を後にした。

次の日、お客たちが外に出た頃、里緒は二階へ上がり、納戸の中にそっと入った。

――お父さんやお母さんが遺したものが、まだここに隠されているかもしれない。

そのような期待を胸に、行李の中を見ていく。納戸には、お客用の予備の布団や、冬に使う火鉢や炬燵《こたつ》などのほか、戸棚や簞笥、大小併《あわ》せて五つの行李が置いてある。

行李の中に、里治が読んでいたであろう本も何冊か入っていたが、確かめてみたところ、貸本屋の刻印が押されていたものはほかにはなかった。

納戸には小さな窓があり、そこから日差しが入る。閉め切っていることが多いが、湿気《しけ》た臭いはしない。里緒は、なにやら懐かしささえ感じた。

──放ったらかしにしては駄目だったわ。これからはここも丁寧に片付けるようにしましょう。

窓を開け、空気を入れ替える。少し涼しくなった風が入ってきて、里緒は目を細めた。

簞笥に入れている樟脳《しょうのう》がまだ効き目があるかを確かめた後、再び行李に取りかかる。いろいろなものが詰め込まれているので、丁寧に取り出し、一つ一つを見ていく。母親の珠緒が使っていた前掛けを見つけた時、里緒は思わず声を上げてしまった。

――懐かしい。この朱色の前掛け、私が子供の頃に、お母さんがよくつけていたわ。

今度は自分で使ってみようと、その前掛けを取り分ける。里緒が手習い所に通っていた頃に書いた習字も見つかり、頬が緩んだ。

――これ、覚えているわ。お師匠《ししょう》様に褒められて、手習い所の壁に長い間貼られていたのよね。お父さんとお母さん、大事に取っておいてくれたのね。

不意に目が潤みかけ、指でそっと押さえる。

竹でできた行李が、里緒には宝の箱のように見えてくる。次々取り出していき、奥に近づいた頃、見覚えのある漆塗《うるしぬ》りの小箱が現れた。

なにやら胸騒ぎを覚え、微《かす》かに震える手で、それを開く。里緒の動きが、止まった。

開けた小窓から、穏やかな風が吹き込んできた。

第四章　からくり言葉

一

鰹《かつお》の旬は、一年に二度ある。初鰹の春と、戻り鰹の秋だ。それを炙《あぶ》って、大葉・茗荷・大蒜《にんにく》・生姜の薬味と、酢醤油のタレを添えて夕餉に出すと、お客たちは大いに喜んだ。

里緒は藍《あい》色の着物に白花《しらはな》色の帯を結んだ姿で、淑やかにお客に酌をする。日本橋《にほんばし》で漆物《うるしもの》問屋〈上州屋《じょうしゅうや》〉を営んでいる重三《じゅうぞう》と、漆職人の伸介《のぶすけ》だ。

重三は鰹を摘《つま》みながら酒を呑み、息をついた。

「この旅籠はやはり落ち着きますな。吉原の喧騒《けんそう》にあてられた後ですから、なおさらですよ」

「俄《にわか》の時期だからか、凄い人だかりでしたよね」

仲介が相槌《あいづち》を打つ。

「お仕事ご苦労様です。ここでは、ごゆっくりお寛ぎくださいね」

里緒は二人に微笑みかけた。

吉原の俄は、今年も盛大に開かれているようだ。妓楼ごとに、出し物にも工夫を凝《こ》らしているらしい。

重三の漆物問屋は吉原の妓楼とも取引があり、漆器《しっき》を卸《おろ》しているのだが、そのほかに漆塗りの修繕なども引き受けている。この時期はいつも、多くの妓楼に出し物の車の修繕を頼まれるのだ。ついでに看板や、器の修繕なども頼まれ、多忙となる。

重三たちはとても一日では終えることができず、毎年雪月花に二泊ほどして仕事を遣《や》り遂《と》げる。仕事がたいへんだと言いつつも、重三と仲介は、毎年ここで息抜きするのが楽しみらしい。仲介は腕がよいと評判の塗職人なので、重三は彼をもてなす意味も籠《こ》めて、雪月花を使っているようだった。

お竹が熱燗《あつかん》のお代わりを運んできて、里緒の隣に腰を下ろし、丁寧に挨拶をする。重三はお竹のことも気に入っているらしく、四人で話が弾んだ。

「漆塗りはやはり素敵ですよね。なんとも言えない艶と品がありますもの」

雪月花で使っている漆塗りの椀に目をやり、お竹がしみじみと言う。

「買ったばかりの匂いが苦手という人が、たまにいますがね。ご存じでしょうが、器や椀を米櫃《こめびつ》の中に入れて、米と一緒に暫《しばら》く寝かせておくといいんですよ。二、三日もすれば匂いはすっかり取れてしまいます」

「米の磨《と》ぎ汁《じる》を温めたもので濯《すす》いでも、まあまあ取れますよ」

重三と伸介から聞いて、お竹は膝を打つ。

「よいことを教えていただきました。今度、試してみます。……でも、漆物の、あの独特の匂いといいますのも、よいものですけれどね」

重三は微笑んだ。

「漆物のよさを分かっていただけるとは、嬉しいものです。今度、箸か何かを持ってきましょう。お使いください」

「お気持ちはありがたいですが、上州屋様、お気遣いございませんよう」

里緒がやんわりと言うも、お竹は身を乗り出す。

「嬉しいですわ。私、漆物って本当に好きなんです。子供の頃はよく漆にかぶれて、酷《ひど》い目に遭ったんですけれどねえ。……あら、でもどうしてなのでしょう。

漆に弱いはずなのに、漆物にはまったくかぶれないなんて」

厚かましいお竹を、里緒は軽く睨《にら》むも、伸介は白い歯を見せて笑った。

「そのことを不思議に思う人は、多いようですよ。かぶれる人というのは、恐らく、生の木の状態の漆が苦手なんだと思います。それに手を加えていって、完全に乾いた状態になった漆器などは、また別物なのでしょう」

「なるほど、そういうことですか」

お竹は目を見開き、大きく頷く。重三が付け加えた。

「職人が下手《へた》で、漆が半乾《がわ》きになっていたりすると、稀《まれ》にかぶれる人もいますがね。うちは、伸介さんのような腕のよい職人のものしか扱いませんので、安心してください。うちで卸《おろ》している箸を使って、唇が腫《は》れ上がるなんてことはありませんよ」

「もちろん分かっております」

お竹は、いそいそと二人に酒を注ぐ。それをぼんやりと眺めながら、里緒は柳眉《りゅうび》を微かに寄せていた。

それから少し日が経ち、夜の五つ（午後八時）を過ぎた頃、隼人が雪月花を訪れた。

「いらっしゃいませ。お待ちしておりました」

里緒は三つ指をつき、しっとりと迎える。薄い藤《ふじ》色の着物はやはり里緒によく似合っていて、隼人は目を細めた。

「お疲れのとこ悪いな。ちょいと話があるんだ」

「はい。……私も、申し上げたいことがございます」

里緒は真摯《しんし》な面持ちで、隼人を見上げる。その目に浮かんだものの意味が分かったかのように、隼人は頷いた。


里緒の部屋で二人は向き合った。少しずつ涼しくなっているこの頃、障子窓は閉めている。それでも虫の音が聞こえてきた。

静けさが漂う中、里緒は父親が遺した日記と、見つかった本を隼人に見せた。

「父が旅に出る前、貸本屋さんから借りていたのは、武田信玄公について書かれた本でした。そして、気づいたのです。父が日記に書き留めていた和歌の、真の意味に」

里緒は察したことを隼人に話した。隼人は黙って聞き、腕を組んだ。

「なるほど。里緒さんの親父さんは、土地争いについての虚しさを嘆いたのではねえかというのだな。……そして、もしやご両親も同じようなことに巻き込まれていたのではねえかと」

「はい。なにやら、そのような気がして仕方がないのです」

里緒は手で胸を押さえる。隼人は顎を撫でつつ、目を泳がせた。

「実はな。今、猪崎組っていう俠客を探っているんだ。里緒さんの話を聞いて、そいつらが重なり合った。土地を買い漁っている奴らだ」

「俠客ですか」

「両国を拠点に賭場や遊女屋などを営み、手荒く稼いでいるようだ。深川の、悪い噂のある材木問屋ともつるんでいる。……そして、どうも、磯六や高瀬を連れ去ったのは、奴らではねえかと、俺は見ているんだ」

「確かなのでしょうか」

「奴らが怪しいと思って、半太に吉原の隅々にまで聞き込んでもらったところ、猪崎組の連中も、材木問屋の連中も、吉原によく出入りしていることが分かった。猪崎組ってのは俠客の中でも手強《てごわ》いらしいから、見張りの同心に金を握らせて、中の者を連れ去ってしまうなんてことは朝飯前だろうよ」

「そのような者たちならば……お役人と繋がっているということもあり得ますよね」

里緒は息を呑む。隼人は里緒を見つめ、目を瞬かせた。

「役人と繋がっているなどと、どうして考えたんだ。俺、傘を差した旗本らしき男のことは、里緒さんに話してなかったように思うが」

里緒はしなやかに腰を上げ、箪笥の引き出しを開け、高瀬が残した薄様の紙を取り出した。

「私、昨夜ようやく、高瀬さんの走り書きの意味に気づいたのです。それで……もしや、お役人も仲間ではないかと」

隼人は身を乗り出し、里緒が広げた紙を、食い入るように見た。

〈京の都はかくありて　悲しや知り合い酒上戸　呑んで深く　頭がぼんやり　薬草はかんにんも　りんごはお仲間〉

という文と、薬草らしき草花が五つ、林檎が三つ描かれたものだ。

「この暗号めいたものを、どうやって読み解いたんだ。里緒さん、教えてくれ」

隼人に急《せ》かされ、里緒は紙をもう一枚、広げた。それは里緒が、高瀬の走り書きを、平仮名で書き直したものだった。

〈きょうのみやこはかくありて　かなしやしりあいさけじょうご　のんでふかく
あたまがぼんやり　やくそうはかんにんも　りんごはおなかま〉

里緒はその文を指で差しながら、隼人に説き明かした。

「高瀬さんは、ご自分の文に、絵を添えていらっしゃいました。『堪忍《かんにん》』と言っている薬草が五つ、『お仲間』と言っている林檎が三つです。隼人様から、挟《はさ》み言葉のことを教えていただいていたので、私はこう考えたのです。文字を、三つおきに、五つ飛ばしで読めば、真の意味が現れるのではないかと」

隼人は二枚の紙と、里緒の顔を、交互に眺める。里緒は続けた。

「そのようにして読むと、このように読み解けたのです。〈きょうかくあやしりょうごくあたり　やくにんもなかま〉と。……やはり高瀬さんの天眼通《てんがんつう》は、本物だったのでしょう」

里緒はもう一枚、紙を差し出した。高瀬の文を書き直し、さらによぶんな文字を消したものだ。隼人はそれを手に取り、じっくりと眺めた。

〈きょう　のみやこは　かくあ　りてかなし
やしり　あいさけじ　ょうご　のんでふか
くあた　まがぼんや　りやく　そうはかん

にんも　りんごはお　なかま〉

　隼人は声を絞り出した。

「そういう意味だったのか……。すると、やはり両国の侠客である猪崎組が怪しく、傘を差した旗本も仲間かもしれねえってことか。またも里緒さんに一本取られちまった。恐れ入った」

「隼人様に、挟み言葉のことを教えてもらっていたからです」

「いや、見事なもんだぜ」

「私が見事なのではなく、高瀬さんの天眼通がお見事なのです。……ところで、傘を差した旗本とはどのような方なのでしょう」

　首を傾げる里緒に、隼人が答えた。

「半太が聞き込みをした時に、小見世の者が言っていたそうだ。磯六と高瀬が消えたと思しき日、雨の中、傘を差した旗本らしき男と用心棒らしき者が数人、九郎助稲荷のあたりをうろうろしていたと。用心棒ってのは、破落戸の間違いだろうな」

「怪しいですね」

「材木問屋とつるんでいるとしたら、作事奉行《さくじぶぎょう》あたりが臭うな。作事奉行は新吉原が作られた頃から、吉原とも関わりがあるからな。実際に普請にあたったのが、作事奉行の配下の黒鍬衆《くろくわしゅう》だったんだ。その繋がりで、吉原によく出入りしていても不思議はねえ」

「その者たちがつるんでいるとしたら、吉原の中のことも詳しく知っていそうですよね」

「そうだろうな。妓楼ごとに、奴らの仲間が一人ずついても不思議じゃねえ。間者《かんじゃ》ってヤツだ」

二人は目と目を見交わす。

「高瀬さんは、その者たちが働こうとしている重大な悪事を視《み》てしまい、連れ去られたのでしょうか」

「恐らくそうだろう。俺は正直、高瀬の天眼通ってのをどこまで信じていいか疑っていたんだ。だが、里緒さんが明かしてくれた文の意味を知って、疑いは晴れた。高瀬の天眼通は本物だ。……すると、やはり悪党どもは、高瀬に重大なことを感づかれたと思って、連れ去ったんだ」

「そういうことになりますよね」

「それで、だ。里緒さんが前に察したように、磯六が本当に高瀬に里緒さんのご両親のことを相談していたとする。そしてあいつまで連れ去られたのならば、ご両親の死の原因は、奴らがこれから起こそうとしている悪事にまで関わっているってことだ」

里緒は息を呑んだ。

「やはり……悪党どもは、土地を狙って……もしや、このあたりの土地一帯を？水無月頃からこの近くで奇妙な騒ぎが起きていたのは、そのためだったのでしょうか。悪党どもの嫌がらせだったということですか」

里緒は顔を強張《こわば》らせるも、ふと気づき、胸を手で押さえた。

「でも、おかしいです。私の両親が亡くなって、もうすぐ四年になります。その間、悪党どもは、どうしておとなしくしていたのでしょう」

「寅之助親分曰《いわ》く、猪崎組の親分が躰を壊していたようだ。俺も調べてみたところ、それは本当で、かなり具合が悪かったらしい。それで子分どもも、伺《うかが》いを立てられず、おとなしくしていたんだろう。そのまま静かにしていてくれればよかったものを、親分が元気になっちまったから、また暴れ始めたようだ」

「憎まれ者は世に憚《はばか》るのですね」

里緒は肩を落とし、溜息をつく。隼人は里緒の肩に手を置いた。

「見えてきたな。確かな証はまだ摑めていねえが、里緒さんのご両親は、恐らくはそいつらの企みに巻き込まれちまったんだろう。絶対に捕まえてやる。この山之宿を、里緒さんのご両親が守ったこの旅籠を、奴らの思いどおりになど決してさせねえ。約束するぜ」

里緒は微かに潤む目で隼人を見つめ、頷く。

行灯の柔らかな明かりの中、二人は身を寄せ合う。庭から松虫の音が聞こえてくる。

里緒は再び腰を上げ、仏壇へと向かい、漆塗りの小箱を手に、座り直した。

里緒は蓋《ふた》をそっと開け、隼人に見せる。花の螺鈿《らでん》細工が施された櫛《くし》が入っていた。

「これは美しい」

「私が小さい頃、祖父母にもらったものです。先日、二階の納戸を片付けていて、見つけました」

「形見《かたみ》ってことか」

里緒は小さく頷く。

「形見ですのに、ぞんざいに扱ってしまい、反省しております。これは確か、私が七つの頃にもらったものなので、成長するにつれて似合わなくなってしまい、そのまま仕舞い込んでいたのでしょう。祖父母からもらった櫛や簪《かんざし》はほかにもありますので、そちらを大切にしておりました」

里緒は櫛を取り出し、隼人に渡す。

「言われてみれば、少し幼い感じはするな。でも里緒さんなら今でも似合いそうだ」

里緒は苦い笑みを浮かべる。

「いえ、もう髪に挿《さ》す勇気はございません。螺鈿細工の紅と白の花が、可愛過ぎるのです」

隼人は櫛をじっくりと眺め、首を傾げた。

「この花は、何だろう。花びらが丸いから、桜ではねえな。梅か、桃か。……でも梅でもねえような気がする。もっと華やかだ。花びらが重なり合っているから、桃じゃねえかな。その三つの花の見分け方、いつぞや里緒さんに教えてもらったぜ。上巳《じょうし》の節句の時に作ってもらったんだろう、違うかい？」

里緒は隼人に微笑んだ。

「さすがは隼人様、覚えていてくださったのですね。確かに桃の花によく似ておりますが……これは、夾竹桃《きょうちくとう》の花なのです」

「夾竹桃かい？　櫛の模様などには珍しいんじゃねえか」

「仰るとおりです。……我儘《わがまま》な私のために、祖父母はわざわざ職人さんに頼んで、作ってもらったのですから。夾竹桃の螺鈿細工を施した、この櫛を」

行灯の明かりに照らされる里緒を、隼人は黙って見つめる。里緒は懐《なつ》かしむように、淡々と話した。

「私は小さい頃、よく祖父母に、いろいろなところへ遊びにつれていってもらいました。父と母は旅籠の仕事が忙しかったからです。両親となかなか遊びにいけないことは寂しかったですが、祖父母がその寂しさを埋めてくれていました」

「優しいお祖父さんとお祖母さんだったんだな」

「はい。私のことを、とても可愛がってくれました。あれは……ある夏の日のことでした。深川のお祭りに連れていってもらったのですが、その神社に立っていた夾竹桃がとても綺麗だったのです。当時、七つぐらいだった私は夾竹桃のことをよく知らず、その木に駆け寄って、抱きついたり、花に手を伸ばそうとしたりして、はしゃいだのです。だって、桃の花にそっくりで、それは華やかに咲いていましたから。そうしましたら、祖父母に怒られたのです」

「どうしてだい。子供らしくて可愛いじゃねえか」

　里緒は隼人を真っすぐに見た。

「夾竹桃には猛毒があるからです。花にも葉にも枝にも根にも。夾竹桃は丸ごと危ないものだと、その時初めて知りました」

「ええっ、そうなのかい。夾竹桃ってそれほど危険な花なのか？　俺だって、今の今まで知らなかったぜ」

　隼人は目を瞬かせる。里緒は頷いた。

「でも、とても強い木で、葉も青々として見栄えがよいので、様々なところに植えられるそうです。夾竹桃は、花が桃のそれに似ていて、葉が竹のそれに似ているから、その名がついたとのこと。祖父母は口を酸《す》っぱくして言いました。夾竹桃はいくら綺麗でも、触らないほうがよい、見ているだけにしなさい、と。でも幼かった私は納得できず、夾竹桃を見上げて、花を指差して駄々《だだ》をこねて泣いたのです。あのお花がほしい、と」

「里緒さんの小さい頃が目に浮かぶぜ」

　隼人が微かな笑みを浮かべる。里緒は頷いた。

「夾竹桃の紅と白の花は、夏の真っ青な空によく映《は》えていたのです。泣きながら手を伸ばし続ける私に、堪《た》えかねたのでしょう、祖父母は言いました。それほど夾竹桃の花に惹かれるなら、それが描かれた櫛をお前に贈ろう、櫛ならばいくら触ってもいいし、髪にだって飾っていられる、と」

「それで、これを贈ってくれたということか」

隼人は櫛と里緒を交互に眺め、目を細める。

「そうなのです。今にして思えば、なんて我儘《わがまま》な言動だったのだろうと、自分が嫌になってしまいます。でも、当時はなにぶん子供だったがゆえに、夾竹桃の飾りがついた櫛をもらえることが嬉しくて。祖父は私にこの櫛を渡す時、こんなことを言いました。櫛は、苦《く》と死に繋がるから、あまり贈らないほうがいいとも言われるが、この櫛は違う。夾竹桃の毒でその苦と死を負かしてしまう、縁起《えんぎ》のよい櫛だ、と」

「なるほど、そりゃいいや。確かに、櫛を贈るのを躊躇《ためら》うってのはあるからな。でもお祖父さんのその機転は、洒落てるぜ」

「祖父は江戸っ子らしく駄洒落《だじゃれ》が好きでしたから。……この櫛を見つけて、忘れかけていた幼い日の出来事を、思い出したのです」

「せっかく見つけたんだ。大事な形見と思って、これからは大切にするんだぜ」

「はい。そういたします」

里緒は頷き、隼人を見つめた。

「それで……私、気づいたのです。この近くの長屋で続けて起きた妙な騒ぎ。あれは、もしや、夾竹桃を一度に大量に燃やして、猛毒を発生させたのではないかと」

隼人の顔つきが変わる。里緒は続けた。

「先日、虫除けのために、大きめの火鉢にヨモギを入れて、一気に焚いたのです。そうしましたら煙が旅籠中に広がりまして。ヨモギの煙の勢いと力に、改めて恐れ入りました。つまりは草花を燃やした煙は、侮《あなど》れないということなのです」

「そうか。猛毒を秘めた草花を燃やして煙を撒き散らせば、あのような騒動を起こせるか」

隼人は顎を撫でつつ、目を泳がせる。

「長屋の件だけでなく、うろうろ舟で売られていたお弁当を食べた人たちが中《あた》ったことがありましたよね。あの時、奉行所でお調べになったところ、お弁当が傷んでいた訳でもなく、毒物が入っていたというようなこともなかったのですよね」

「うむ。そうだ。それで、お茶が怪しかったのではねえかというのが、奉行所で出した答えだった」

「私は、お箸が怪しかったのではないかと思うのです。お箸も回収なさらなかったのですよね」

「箸かい？　そういや、回収しなかったようだな」

「恐らくお箸を、夾竹桃で作ったそれと、すり替えていたのだと思います」

隼人は手を打った。

「だから、唇や手が真っ赤になって腫《は》れ上がっていた者たちがいたのか。食べ物や飲み物ではなく、箸に中ったってことか」

「はい。祖父母が言っていました。夾竹桃の枝を箸の代わりに使って亡くなった人がいた、と。怖いですよね」

「いや、里緒さんの勘働きにはいつも恐れ入る。夾竹桃の思い出から、そこまで察してくれるとは」

隼人は不甲斐なさそうに項垂れる。里緒は続けた。

「この前、漆物問屋のご主人が、塗職人の方を連れて泊まりにいらっしゃったのです。お話をいろいろ伺って、漆にかぶれる人が漆器にかぶれないのは、作る段階で生の漆に何度も手を加えているからだと知りました。きちんと作られた漆塗りの箸ではかぶれなくても、猛毒を含んだ生の夾竹桃をただ削っただけの箸では、中ってしまうでしょう」

「箸は、騒ぎの隙をみて、回収しちまったんだろうな。すると、涼み舟に悪党の誰かが乗っていたのかもしれねえな。あるいは船頭も怪しいぜ。猪崎組の奴らは両国を拠点にしているから、川開きでの催しを仕切っていることは大いにあり得る。箸のすり替えや速やかな回収も、できねえことはなかっただろう」

　里緒は胸を押さえた。

「やはり……すべて猪崎組の者たちとその仲間の仕業だったようですね」

「うむ。高瀬には、この先に起こるいろいろなことが、薄々と見えていたようだな。もしや高瀬が、はしが危ない、と言ったのは、橋ではなく箸のことだったのかもしれねえ」

「ああ、そうだったのかもしれませんね」

　今度は里緒が手を打った。

　二人は考えを纏《まと》めた。

　磯六は異能の高瀬に、どうにか里緒の両親の死の謎を解き明かしてもらいたかったのだろう。高瀬も磯六の熱い思いにほだされ、力添えするつもりだったのではないか。

ところがそれが仇《あだ》になり、真実を知られたくない悪党どもに捕まったのではなかろうか。

高瀬がいた胡蝶屋は大見世ゆえ、俠客の者たちが遊びにいっていたとしても不思議ではない。胡蝶屋の主人が話さなくても、番頭や若い衆の口から、いろいろな話が漏れることもあるだろう。

また悪党どもは、予《かね》てこのあたりの様子を窺っていて、雪月花と懇意の盛田屋のことを注意してもいただろう。盛田屋の動きをも見ていた悪党たちは、磯六の思惑に勘づいたに違いなかった。

「お二人は大丈夫なのでしょうか」

里緒は目を伏せ、肩を落とす。隼人は真剣な面持ちで、里緒に告げた。

「一刻も早く、猪崎組に乗り込みてえが、役人と繋がっているようだし、確かな証はねえから、慎重にいこうと思う。盛田屋にも頼んで、若い衆たちに見張らせる。何か少しでも不穏な動きを見せたら、とっ捕まえてやる。必ずすべてを明らかにして解決してみせるから、里緒さん、もう少し待ってくれな」

「もちろんです。隼人様、どうぞよろしくお願いいたします」

里緒は深々と頭を下げる。

「やめてくれ、里緒さん。顔を上げてくれ」

「……隼人様だけでなく、皆様まで巻き込んでしまって。ご迷惑おかけして、私、どうすれば……」

里緒の澄んだ目から、大粒の涙がこぼれる。隼人は里緒の肩に手を置いた。

「気にするな。皆、里緒さんに力添えしたいって思ってるんだ。人の厚意は素直に受け取るべきだぜ」

里緒は目元を指で拭いながら、頷く。隼人は真剣な面持ちで、告げた。

「悪党どもは、このところおとなしくしているが、また何かを仕掛けてくるかもしれねえ。盛田屋の者たちに暫く雪月花も見張らせるから大丈夫だとは思うが、くれぐれも気をつけてくれ」

「はい。気をつけておきます」

里緒は顔を強張らせて頷く。二人が見つめ合うところへ、襖の向こうからお竹の声がした。

「お話し中、申し訳ございません」

里緒と隼人は身を離し、ともに姿勢を正した。

「はい。何でしょう」

里緒が少し鼻にかかった声を響かせると、お竹が襖を開け、入ってきた。

「小腹が空いた頃ではないかと思いましてね。お夜食をお持ちしました。旦那、お召し上がりくださいませ」

「おう。お竹が作ったのかい」

「はい。たまには私が作ったものも、よろしいのではないかと。と言いましても、お茶漬けですけれどね」

鰹の炙りと、大葉や茗荷の薬味が盛られたお茶漬けに、隼人は目を細める。

お竹は速やかに下がり、二人で味わった。お茶漬けを啜る音が、静かな部屋に響く。

「夾竹桃の花って、いつ咲くんだい」

「今が盛りです。来月の半ばぐらいまで咲いていますよ」

「そうか。覚えておくぜ」

窓辺に置いた水鉢の中、金魚が跳ねて、飛沫《しぶき》が上がる。夜はだいぶ過ごしやすくなっていた。

隼人は里緒に、土地の売券をしっかり仕舞っておくよう繰り返し告げ、帰っていった。土地の売買に際しては、過去のその土地に関する譲状《ゆずりじょう》など、権利を証明する証文類の一切を売券とともに買い主に渡すのが原則とされている。つまり売券は重要なものなのだ。

雪月花では祖父母の代から、錠のついた車箪笥に売券を保管し、帳場の目立たぬところへ隠してあった。

二

隼人は猪崎組について、真剣に探り始めた。磯六と高瀬が連れていかれたところは、恐らくは猪崎組の隠れ家だろうと目星をつけて調べるも、場所を特定するのはなかなか難しい。

——奴らはいくつか隠れ家を持っているみてえだから、それらをすべて見つけ出すのは時間がかかるかもしれねえな。

磯六と高瀬はまだ生きているだろうかと、不安が込み上げる。だが隼人は、あの二人は強運の持ち主だと思い直し、探索を進めるのだった。

盛田屋の若い衆たちには、猪崎組だけでなく、材木問屋の阿積屋も見張ってもらうことにした。何かおかしな動きがあれば、すぐに踏み込めるようにだ。

雪月花とその近辺も、常時、見張ってもらっている。盛田屋の若い衆には強い者たちが揃っているので、隼人はひとまず安心していた。

隼人は、作事奉行の塚越《つかごし》にも注意をしていた。だが、あからさまに見張るのは憚《はばか》られるので、塚越の評判や噂を収集するべく、さりげなく嗅ぎ回ることにした。

仕事を終え、役宅でごろ寝をしていると、お熊がいきなり襖を開けたので、隼人は驚いた。

「なんだ、いったい」

「亀吉さんが帰って参りましたよ！」

隼人は思わず半身を起こした。

「なに、本当か？」

「半太さんと一緒に、お見えになりました」

「早く通してくれ」

お熊は襖を開けっ放しにして、豪快な足音を立てながら廊下を駆けていく。隼人は安堵《あんど》の息を、大きくついた。

亀吉から報せが途切れ、なかなか戻ってこないから、そちらも心配で仕方がなかったのだ。

お熊に連れられて、亀吉がバツの悪そうな顔で部屋に入ってきた。半太がその後に続く。隼人は笑顔で声をかけた。

「おう、ご苦労だった！　疲れただろう。今日は泊まっていけ」

亀吉は座り込み、隼人に頭を深く下げた。

「時間がかかっちまって、申し訳ありやせんでした。文もなかなか送れず、なんとお詫びしていいか……」

隼人は目を瞬かせた。亀吉の顔や腕などに、怪我をした痕が見えたからだ。

隼人はお熊に告げた。

「取り敢えず、酒を用意してくれ。その後で、食い物もな」

「かしこまりました」

お熊は、今度は襖を丁寧に閉めて下がった。

三人になると、隼人は顔を引き締めた。

「何かあったみてえだな」

「はい。行く時のことです。下諏訪へと入る前、和田峠《わだ》で足を滑らせて、転落しちまったんです」

和田峠は、和田宿と下諏訪宿の間の、険しい山の中にあり、中山道の難所として名高い。

隼人の太い眉が動く。亀吉は続けた。

「板橋宿を出る頃から、誰かに尾《つ》けられているような気は、なんとなくしていやした。下諏訪に近づくにつれ、その気配が色濃くなってきて、それで文を出すことを控えるようにしていました。そして和田峠で、はっきりと追いかけてきたんです」

「揉み合いになったのか」

「いえ……。慣れぬところを慌てて逃げたんで、不覚にも足を滑らせてしまいやして。ついにあの世に逝《い》くのかと思いつつ崖を転がり落ちやして。けれどもどうにか助かりやして、今ここにいるって訳です」

「無事でよかったぜ……本当によ」

隼人は抱き締めるかのように、亀吉の肩に腕を回す。亀吉は強く頷いた。

「あっしも嬉しいです。こうして旦那とまたお会いできやして」

「転落した後、誰かに助けられたのか」

「はい。山駕籠《やまかご》の駕籠かきに。しかし、足は挫《くじ》くわ、腕は上がらなくなるわ、血だらけになるわ、酷いもんで。峠の茶屋に運んでくれやして、そこのご主人が峠の麓《ふもと》まで医者を呼びにいってくれやして。その医者が診てくれたんですが、身動きできないだろうってことで、その医者の近所の、百姓の家に暫くお世話になっていたんです。……それで、時間がかかっちまいやした」

隼人は唸った。

「そんなことがあったのか。……痛い思いをさせちまって、悪いことをしたぜ。亀吉、すまねえ」

隼人に頭を下げられ、亀吉は慌てる。

「旦那、やめてくだせえ。ドジを踏んだあっしが悪かったんで。まあ、そんなことで時間を食っちまいやした」

半太が口を挟んだ。

「兄貴を尾けてきた奴ってのは、それからは現れなかったのかい」

「たぶん、転げ落ちた時、あっしが死んだと思ったんじゃねえかな。それからは尾けられている気配は感じなかったぜ」

隼人が訊ねた。

「どんな奴だった」

「笠を目深に被った、渡世人《とせいにん》風でした」

「猪崎組の者だったかもしれませんね」

声を上擦《うわず》らせる半太に、隼人は頷く。隼人は亀吉に、探索の進み具合と、猪崎組のことを話した。

「なるほど。俠客の一味ですか。そう言われてみれば、そんな感じの野郎でしたぜ」

「下諏訪に入ってからは、そいつの気配はまったくなかったか」

「はい。あっしも気をつけておりやしたが、帰ってくるまでずっと、気配はありやせんでした。やはりあの時、死んだと思ったんでしょう」

「兄貴、ずいぶん派手に転落したんだね。生きていてくれて、本当によかったよ」

半太が思わず涙ぐむ。亀吉は笑みを浮かべて、半太の肩を叩く。そして隼人に向き直った。

「下諏訪から文を送ろうと思いやしたが、探索が滞っちまった訳を書けば心配させちまいやすし、中山道沿いは文が届くにも時間がかかることがありやすし。ならば、急いで探索を済ませて帰ったほうが、早いんじゃねえかと思いやして。それに、金もかかりやすし」

肩を竦《すく》める亀吉を、隼人は見つめた。

「お前、世話になった医者や百姓に心づけを渡したんじゃねえのか。それで、金が足りなくなっちまいそうなので、飛脚代を抑えたのではねえか。もっと持たせてやればよかったぜ。本当に悪いことをしたな」

隼人に再び頭を下げられ、亀吉は恐縮《きょうしゅく》の面持ちになる。

「旦那、違いますって。崖から落っこった、あっしが悪いんです」

「どちらも悪くありません。兄貴を尾けてきた破落戸《ごろつき》が悪いんです」

半太が口を出すと、隼人と亀吉は思わず大きく頷いた。

亀吉は姿勢を正し、信州で摑んだことを話した。

聞き込みの甲斐《かい》あって、里緒の両親の足取りは大方摑めたようだ。武田信玄公が信仰したという諏訪大社にも訪れ、権禰宜《ごんねぎ》に歴史などをいろいろ訊ねていたらしい。

亀吉は真摯な面持ちで伝えた。

「女将さんのご両親は、下諏訪まで行ってようやく気が緩《ゆる》んだのでしょう。旅籠の女将などにも話していたみたいです。立ち退きをしつこく迫られて逃げてきたが、残した者たちが心配だ、と」

「やはり、そうだったのか」

隼人は腕を組み、眉根を寄せる。里緒が察したことが当たっていたようだ。立ち退きの件を里緒や吾平たちに話さなかったのは、よけいな心配をさせたくなかったのと、旅籠の主人として自分たちだけでどうにか決着をつけようと考えていたのだろう。

——里緒さんのご両親は、信州には一時的に逃げ、少しして江戸に戻るつもりだったに違えねえ。敵を撒いた気でいたものの、亀吉同様、何者かに見張られていたんじゃねえかな。

隼人が頭を働かせているところへ、お熊が酒と料理を運んできた。

「お酒、遅くなってしまって、申し訳ございません。亀吉さん、たっぷりお召し上がりくださいね」

目の前に置かれた大きな鍋を見て、亀吉は唇を舐めた。

鮭《さけ》と椎茸と豆腐と里芋がたっぷり入った鍋からは、出汁《だし》と味噌が溶け合った匂いが漂ってくる。

「ご飯もよろしければどうぞ」

お熊は三人にご飯をよそい、お櫃《ひつ》を置いて下がった。

隼人たちはまずは盃を合わせ、亀吉の無事を祝った。それから亀吉は暫し話すことも忘れて、鮭鍋とご飯を味わった。これから旬を迎える鮭は、やはり堪《たま》らぬ美味しさだ。

隼人と半太も舌鼓を打ち、鍋がすっかり空になる頃、亀吉は我に返ったように頭を掻いた。

「すみやせん。腹ぺこだったんで、食うのに夢中になっちまいやした」

「いやいや、お熊も喜ぶぜ」

隼人は亀吉を眺めながら、ふと思った。

――里緒さんのご両親も、追っ手を撒こうとして、あるいは逃げようとして、うっかり崖から足を滑らせたということもあり得るんじゃねえかな。

酒を啜り、隼人は眉根を寄せた。

膳を下げにきたお熊に、亀吉は信州土産の花梨《かりん》の実を渡した。

「まあ、こんなにたくさん。私、花梨が大好きなんですよ」

お熊は目を見開き、喜ぶ。諏訪は花梨の名産地としても名高い。

「酒にしても旨いらしいですぜ」

「蜂蜜漬けなんかもね。喉に効き目があるから、私のだみ声も少しはよくなるかもしれませんよ」

お熊は快活に笑って礼を述べ、膳を片付けた。襖が閉められると、亀吉は苦笑した。

「お世話になった百姓にもらったものだったんですけど。お熊さんに喜んでもらえやして、よかったです」

「おう、俺も花梨酒を呑むのが楽しみだ」

隼人は手下たちに酒を注ぎ、二人は恐縮しつつそれを呑み干す。

結局、亀吉と半太は役宅に泊まることになり、男三人で夜更けまで語り合った。

「亀吉、戻ったばかりのところ悪いが、明日から半太と、猪崎組の隠れ家などをすべて突き止めてくれ」

「かしこまりやした。羽振りのよさそうな奴らですから、江戸以外にもあるかもしれやせんね」

「うむ。大いにあり得るが、ひとまずは江戸中の隠れ家や別宅を洗い出そう。磯六と高瀬を勾引《かどわ》かしたとして、江戸の外まで連れていくのは、やはり難しいんじゃねえかな」

「おいらも、それほど離れていないところだと思います」

半太が口を出すと、亀吉も頷いた。

「吉原の近くの隠れ家だったら、早く見つけ出せるかもしれやせん。張り切って探しやす」

「そこに磯六と高瀬がいると分かったら、動かぬ証。勾引かしの罪で、奴らを引っ張ることができますもんね」

「そして、すべての悪事を吐かせてやりやしょう」

「おう、頼もしいぜ」

意気込む二人を、隼人は目を細めて眺めていた。

第五章　秋の供養

一

隼人は、猪崎組の別宅や隠れ家を摑むべく、探索を進めた。寅之助に訊ねたり、聞き込みをしたりした結果、向島、千住《せんじゅ》大橋、品川《しながわ》のあたりに隠れ家があるらしいと分かった。しかし、詳しい場所まではっきり摑めず、隼人は盛田屋の若い衆たちに頼んで、猪崎組の見張りに力を入れることにした。

組の者たちが、別宅や隠れ家へと向かうことも大いにあり得るからだ。

だが、若い衆たちに張りついてもらうも、組の者たちはなかなか動きを見せない。半太と亀吉にも探ってもらっているが、見つけ出すには時間がかかりそうだ。

隼人は、磯六と高瀬の無事を、祈る思いだった。

葉月十五日は中秋《ちゅうしゅう》の名月だ。雪月花でも毎年月見を楽しむ催しをしている。団子を作って、玄関の棚に飾りつけをするため、里緒はいつもより早く起きた。なにやら気配を感じて、寝間着姿で立ち上がり、障子窓と雨戸を開け、肩を落とす。思ったとおり、雨がしっとりと降っていたのだ。

——夜までにどうか、やんでくれればいいのだけれど。

雨に濡れる椿の葉を眺めながら、里緒は息をついた。

だが里緒をはじめ、江戸っ子たちは雨ぐらいで月見を諦めたりはしない。曇って月が見えなければ無月《むげつ》、雨が降れば雨月《うげつ》といって、月にかこつけては十五夜《じゅうごや》を楽しむのだ。

身支度を整えると、里緒は板場へと行き、朝餉の仕込みをしている幸作の傍らで、きぬかつぎや団子を作り始めた。

きぬかつぎとは、里芋の小芋《こ》を茹でたり蒸したりしたものだ。中秋の名月は、芋の収穫を祝う意味を籠めて、芋名月とも言われる。きぬかつぎの由来は衣被《きぬかずき》。平安時代の公家《くげ》の女性《にょしょう》たちは外出する時に顔を隠すため、単衣《ひとえ》の小袖を頭から背にかけて被ったのだが、それを衣被と言った。

なにゆえに茹でたり蒸したりした里芋を、きぬかつぎと呼ぶのかというと、するりと皮を剝くと白肌が現れるからだ。高貴な女性たちが衣を被った姿や、彼女たちの白肌を思い起こさせるとのことで、なんとも風流な名がついた。

皮を剝きやすいように、蒸す。里緒は里芋の半分より少し下のあたりに包丁でぐるりと切れ目を入れてから、蒸す。蒸し上がった里芋には茶色い皮が残っているが、それでよいのだ。少し冷ましてから皮を摘んでみると、するりと剝けた。

それに塩を振って味わう。蒸し立ての里芋はほっこりと穏やかな味わいで、里緒は目を細めて笑みを浮かべる。

里緒は幸作にも味を見てもらった。

「遠慮なく言ってね」

「では、いただきます」

幸作はきぬかつぎを摘み、まずは皮の剝がれ具合を確かめつつ食べ、笑顔で頷いた。

「旨いっす。今年もお客様に喜んでもらえますよ」

幸作にお墨付きをもらい、里緒は胸に手を当てた。雪月花では十五夜には毎年、夕餉とは別に、名月を祝う膳を酒とともにお客たちに出す。里緒がいつも、その膳を用意しているのだ。

朝から用意するのは、まずは玄関に飾るお供えであるが、里緒はその前に、きぬかつぎを仏壇へと供えた。両親と祖父母の好物だったからだ。里緒は手を合わせ、祈った。

——早く、すべてが解き明かされますように。山之宿の皆が、心安らかに暮らせますように。磯六さんと高瀬さんがご無事でありますように。見守っていてください。

瞑《つむ》っていた目を開けると、両親と祖父母の笑顔が見えたような気がして、里緒の面持ちも和《やわ》らいだ。

それから、玄関にも飾った。きぬかつぎのほか、団子、枝豆、梅の実を三方《さんぽう》に盛り、お神酒《みき》徳利《どつくり》に酒を入れ、ススキの穂を飾る。三方とは、儀式の時に物を載せる台のことだ。

それらを並べて、里緒がススキの向きを少し直していると、お竹がやってきて目を細めた。

「あら、今年も素敵な眺めですねえ」

「雨が降っていたって、趣だけでも楽しみたいものね」

里緒は格子戸に目をやり、息をつく。雨は次第に強くなっている。

「これじゃ、八幡様のお祭りも中止か延期でしょうねえ。十二年ぶりだといいますのに」

「今日だったのよね」

八幡様とは深川の富岡八幡宮のことだ。富岡八幡宮の深川祭りは、神田祭、山《さん》王《のう》祭と並んで江戸三大祭りの一つに挙げられる。葉月十五日に開かれるので、江戸っ子たちは昼間に深川祭りを見物し、夜に月見を楽しむのが習いだった。

深川祭りは長らく隔年で開かれていたが、見物人たちの喧嘩が原因で、十二年もの間休んでいたのだ。久しぶりの深川祭りということで、楽しみにしている者たちは多く、それを目当てに雪月花に泊まっているお客もいた。

「お祭りとお月見が重なる日が雨だなんて、お客様方、お気の毒ですよね」

「そうね。……でも、まだお祭りの中止の報せは回ってきていないし、夜までには雨が上がるかもしれないから、希《のぞ》みは捨てなくてもいいわよ」

「さすが女将。鷹揚《おうよう》としていらっしゃいますこと」

二人は顔を見合わせ、ふふ、と笑みをこぼした。

だが朝餉を食べ終える頃には、深川祭りは延期になったという報せが回ってきた。四日後の十九日になりそうだという。

吾平からそれを聞いて、お栄とお初は肩を落とした。里緒の許しを得ていたので、もし晴れていたら、深川祭りを見にいけたからだ。

お栄とお初は、深川祭りが久しぶりに開かれることを知った時からずっとそわそわしていて、どうしても一目見たいようだった。それで里緒は、二人の気持ちを慮《おもんぱか》ったのだ。お客たちも皆、お祭りに行ってしまうだろうから、旅籠の仕事も日中はそれほど手がかからないと思われた。里緒とお竹と幸作がいれば、どうにかなるだろう、と。

そこで条件つきで、祭りを見にいくことを許した。条件とは、吾平が供をすることと、八つ半（午後三時）までに必ず帰ってくること、だった。

眠れないほどに深川祭りを楽しみにしていたお栄とお初は、消沈《しょうちん》してしまった。里緒は二人の肩に手を載せた。

「がっかりすることないわよ。十九日に行けばいいじゃないの」

すると二人は里緒を見つめて、目を瞬かせた。

「よろしいんですか、その日に行っても」

声を揃《そろ》えて訊ねる二人に、里緒は微笑んだ。

「もちろんよ。約束したことですもの。ね、その日に楽しんでいらっしゃい。……そうだ、十九日に雨が降らないよう、今から照々坊主《てるてるぼうず》を作って祈願したら?」

お栄が手を叩いた。

「いいですね! 急いで作れば、今夜のお月見にも間に合うかもしれません」

「本当に! ねえ、お栄ちゃん、早く作ろうよ。……女将さん、作ってきてもいいですか」

「いいわよ。多めに作って、玄関の軒下にも吊るしておいて」

「はい、かしこまりました」

「可愛らしいのを作ります」

二人は笑顔で礼をすると、急いで自分たちの部屋へと向かった。その後ろ姿を眺め、吾平が肩を竦めた。

「やれやれ。可愛い照々坊主って、どんなものを作るつもりなんだ」

「あら、いいじゃないですか。憎々しい照々坊主よりは。そんなのがぶら下がっていたら、雨もやまなくなってしまいますもの」

お竹が澄ました顔で言うので、里緒は思わず笑みを浮かべる。

「これから雨の日は、あの娘たちに可愛い照々坊主を作ってもらって、至るところに吊るしてもらいましょうか。きっと華やぐわ」

「雨の日でも鬱々《うつうつ》とした気分にならないって訳ですか」

「そういう工夫も必要かもしれませんね」

吾平とお竹も頷く。

里緒は雨の音に耳を傾けた。雨の音もよいものだと、里緒は思う。川のせせらぎや鳥のさえずりや、虫の啼き声と同じく、聞いていると心が和《なご》むのだ。それはきっと、いずれも人の手が加わっていない、自然《じねん》のものであるからだろう。三味《しゃみ》線《せん》や琵琶《びわ》の音色などとはまた違う、美しい響きがある。

――お祭りが延びたのは残念だけれど、作物のためにも、雨は降ってくれないと困るのよね。でも、満月を拝みたい気持ちも捨てがたくて、悩ましいところだわ。人間って本当に欲張りね。

格子戸に目をやり、里緒は苦い笑みを浮かべる。お客たちには、吾平とお竹が、深川祭りが延期になったことを伝えにいった。

里緒は団子ときぬかつぎを余分に作り、それを包んで持ち、傘を差して外に出た。少し離れたところの物陰に、盛田屋の若い衆の順二の姿があった。蓑笠《みのかさ》を被り、合羽《かっぱ》を羽織って、雪月花に何か起きぬよう見てくれているのだ。

里緒は順二に近づき、包みを渡した。

「いつも、悪いわね。よかったら召し上がって」

「こちらこそ、すいやせん。気を遣っていただいて」

「遠慮しないで、お腹が空いた時はうちに来てね。おにぎりやお蕎麦《そば》、お饂飩《うどん》だったら、いつでも出せるから」

里緒は、恐縮する順二に微笑み、雨の中、雪月花に戻る。途中でいったん立ち止まり、周りを眺めた。雨のせいか、寂しいほどにひっそりとして見える。ここ最近、せせらぎ通りだけではなく、山之宿町全体に活気がないことに、里緒は気づいていた。

溜息をつき、再び歩き始める。雨を弾く水溜まりに、小さな円ができては消えていた。

お栄とお初が色とりどりの端切《はぎ》れ布で作った照々坊主のおかげか、雨は夜には小降りになったが、空は霞《かす》んでいて月は見えなかった。

だがお客たちは気落ちすることもなく、窓を開けて夜風を取り込みつつ、夕餉と月見の膳を味わった。

今日の夕餉は、海老月見鍋。海老しんじょ、大葉、椎茸、しめじ、焼き豆腐がたっぷり入った鍋の具を、タレにつけて食べる。タレは二種で、一つは辛口、もう一つは卵の黄身を落とした月見ダレ。味を変えて楽しみながら、お客が唸った。

「空に月は見えずとも、この旅籠にいると、常に月明かりに照らされているような安らぎを感じるねえ」

「お褒めのお言葉、恐れ入ります」

里緒は紅色の唇に微かな笑みを浮かべ、嫋《たお》やかな手つきで酌をした。

次の日には青空が広がった。十五夜の月は拝めなかったが、せっかくだから十六夜月《いざよいづき》を眺めて帰ろうと、お客たちは泊まりを一日延ばそうとする。部屋の空き加減を確かめながら、里緒は対応した。

吾平は宿帳と大福帳《だいふくちょう》を交互に見つつ、眼鏡をかけ直した。

「確かに、まん丸な月であることは、十五夜も十六夜もさほど変わりませんものね」

「本当に。それでも十五夜にかける皆様の情熱には、凄いものがあるわ」

肩を竦める里緒に、お竹が訊ねた。

「玄関の飾りはどうしましょう。もう一日、置いておいてもいいでしょうか」

「そうね。片付けるのは明日にしましょう」

「かしこまりました。月見の膳は、如何《いかが》なさいます？」

「お団子だけお出ししましょうか。今日は餡子《あんこ》を添えて。私が作るわね」

水色の前掛けを締めたまま姿勢を正す里緒を眺め、お竹がくすりと笑う。

「あら、何がおかしいの？」

「いえね。月には兎《うさぎ》がいて、餅搗《もちつ》きしているっていうじゃありませんか。いろいろな説があるようですが、心優しい兎は、お爺《じい》さんに食べさせるためにせっせと餅を搗いているんですって。……それで、やはり似ていると思ったんですよ。お客様のためにせっせとお団子を作る女将と、兎って」

「まあ」

里緒は目を瞬かせた。

里緒がつけている前掛けには、兎と花の刺繍《ししゅう》が施されている。弥生の上巳《じょうし》の節句の時に、お桃《もも》にもらったものだ。お桃は齢十、菓子屋春乃屋のお篠の孫で、器用にも自分で作ってくれた。この可愛い前掛けを、里緒は大切にしている。水色の清らかな彩りは、里緒によく似合っていた。

今日は、揉み療治を頼んでいたお柳がようやく復帰するので、快気祝いも兼ねて、里緒たちは松茸鮨《まつたけずし》を用意して迎えた。

松茸鮨とは握りではなく、薄く切った松茸とご飯を重ね合わせ、塩を効かせて一日置いた、熟《な》れ鮨《ずし》の類《たぐい》だ。

松茸の風味がよく染みた鮨を味わい、お柳は顔をほころばせる。すっかり元気になっていて、里緒とお竹は安堵した。

お柳から長屋に煙が入り込んだ時の様子を聞きながら、里緒はやはり夾竹桃のそれではないかと勘を働かせる。お柳は鮨を食べ終え、お茶を飲みながら、息をついた。

「皆、具合はよくなりましたが、引っ越しをする人が多くて。……もしかしたらうちの家族も、近いうちに出ていくかもしれません。大家さんに言われたんですよ。死者も出てしまったことだし、厄《やく》落としの意味も兼ねて、長屋の建て直しを考えている、って」

お竹が眉を八の字にした。

「あら、じゃあ、ここへは勤められなくなってしまうかしら」

「まだ分かりませんが、たぶん引っ越すとしても近いところでしょうから、大丈夫だと思います」

里緒とお竹は顔を見合わす。里緒はお柳に微笑んだ。

「お仕事を続けてもらえそうで、よかったわ。でも病み上がりだから、無理はしないでね」

「はい。これからもよろしくお願いします」

お柳は丁寧に礼をする。

里緒は穏やかな面持ちを保ちつつも、心の中には複雑な思いが広がっていた。

――このあたり一帯がやけにひっそりとしているのが、気になるわ。悪党たちは何も仕掛けてこないし、何も騒ぎは起きないけれど。

この二月半ほどでいろいろあり、山之宿がすっかり静かになってしまったことに気づいているのは、もちろん里緒だけではない。せせらぎ通りの皆も同じことを思っているようだ。

隣の花川戸町は相変わらず賑やかなのに、それに比べて、と。

雪月花には昔ながらのお客がついているので、売り上げにはさほど影響は出ていないが、それでも不安が過《よぎ》る。

里緒は熱いお茶を飲みながら、思いを巡らせていた。


次の日、発つお客たちを送り出した後で、里緒が旅籠の前を箒で掃いていると、隼人がふらりと現れた。市中見廻りの途中のようだ。

隼人は里緒に謝った。

「時間がかかっちまって、本当にすまねえ。猪崎組の奴らや、材木問屋を見張っているが、なかなか動きを見せねえんだ。……勘違いだったってことはねえと思うんだが」

隼人にはいつもの元気はなく、苦々しい面持ちだ。そのような隼人を目にして、里緒の胸はなにやら痛んだ。隼人は探索が思うように進まず、それが心苦しくて、お月見の時にも顔を見せなかったのだろう。

「もしかしたら……相手は見張られていることに気づいているのかもしれません

ね。だから故意に、動きを見せないようにしているのかもしれません」

「やはり、そうなのか」

「そのように思います。なかなか手強い相手なのではないでしょうか」

「里緒さん、くれぐれも気をつけてくれ」

「はい。ご心配には及びません。盛田屋の皆さんがいつも見張っていてくれますから。心強いです」

　里緒が笑顔を見せると、つられたように隼人の面持ちも和らいだ。

「何かあったら、いつでも言ってくれ」

「はい。お言葉に甘えて、そうさせていただきます」

「じゃあ、また様子を見にくるぜ」

「お待ちしております。……隼人様もお気をつけて」

　隼人は頷き、見廻りへと戻っていく。その大きな背中が見えなくなるまで、里緒は旅籠の前に佇んでいた。

二

十九日は快晴で、延びていた深川祭りが開かれることになった。雪月花に泊まっているお客たちも皆、行くようだ。

十二年ぶりの深川祭りに誰もが浮かれ、浅草の神社もつられたかのように朝から祭り囃子を奏《かな》でている。

「祭りの勢いがこちらにも飛び火して、また賑わうようになるかもしれませんね」

出かける支度をしながら、吾平が言う。

「本当に。人が集まってほしいわ」

里緒は帳場の窓を眺める。秋晴れの空には、雲一つ見えなかった。

少しして身支度を終えたお栄とお初も帳場へと現れた。旅籠の仕事をしている時はいつも黄八丈《きはちじょう》を着ているが、今日は縞《しま》の小袖を纏っている。お栄は青色と白の縞、お初は若葉色と白の縞。外出着にと、里緒が誂《あつら》えたものだ。お栄とお初を眺め、里緒は目を細めた。

「二人とも素敵よ。楽しんでいらっしゃいね」

お栄とお初は顔を見合わせた。

「あの……本当によろしいのでしょうか」

「なんだか申し訳ないようにも思います」

里緒は笑顔の前で、手を振った。

「気にしないで。あなたたち、暑い時もずっと働いてくれたのですもの。たまには息抜きしていらっしゃい。八つ半までに戻ってくるよう言ったけれど、少しぐらい過ぎてもいいわよ」

お栄とお初は、それでもまだ申し訳なさそうだ。

「今日はお客様がたもお祭りで出払ってしまって、それほど忙しくないでしょうから大丈夫よ。たまにはのんびりしてきて」

二人はまたも顔を見合わせ、今度は頷き合った。

「では、お言葉に甘えまして、行ってまいります」

「お土産、買ってきますね」

里緒は二人の肩に手を載せ、優しくさすった。

「楽しみにしているわ。吾平に買ってもらいなさいね」

「任せておいてください」

胸を叩く吾平を見やり、お竹が口を出した。

「お土産はお煎餅がいいですね。あ、それともお饅頭のほうがいいかしら。でもせっかく深川に行くなら、佃煮《つくだに》でも」

「おいおい、食べ物ばかりだな」

吾平が呆れたように言うと、笑いが起きた。


四つ（午前十時）前に三人を送り出し、その後で発つお客を一人見送ると、里緒は雪月花の屋号が染め抜かれた半纏《はんてん》を羽織ったまま、帳場に腰を下ろした。

「今日は私が、女将兼番頭ということね」

「まあ、頼もしい」

お竹と二人、微笑み合う。

お客たちは、正午前に出かけるようだ。皆、戻ってくるのは夕餉の頃だろうから、里緒たちも今日はのんびりできそうだ。《昼下がりの憩い》のもてなしも、今日は休みにしていた。

一息ついた後、里緒はお竹と一緒に裏庭で洗濯をして干した。それから草花や野菜の手入れをする。大葉はまだ青々と繁《しげ》っていて、ありがたいことだと里緒は感謝する。

「今日の夕餉は、大葉で巻いた鰯《いわし》の衣かけにしましょうか」

「あら、いいですねえ。お客様たちに喜ばれますよ。吾平さんたちにも」

「そうよね。お栄とお初も言っていたもの。鰯の大葉巻きが好き、って」

「あの二人には、女将が作って差し上げれば？　お栄もお初も、喜ぶと思いますよ」

「そうかしら」

「ええ、絶対に。たまには作ってあげてください。できれば吾平さんにも」

「分かったわ。今日の夕餉は皆で食べましょう。深川祭りのお土産話を聞きながら」

「いいですねえ。楽しみです」

青空の下、手に土をつけながら、里緒とお竹は笑顔で頷き合った。

井戸から汲んだ水で手を洗い、中に戻ると、幸作が板場から出てきて玄関のほうを見ていた。

「どうしたの」

里緒が声をかけると、幸作は首を傾げた。

「いえ、なにやら騒がしいような気がしたんですけど。勘違いっすかね」

お竹が急いで外を見にいき、戻ってきた。

「別にそうでもないようだけれど。深川祭りの浮かれ気分がこっちにまで伝わって、はしゃいでいる人がいるんでしょう」

「そうっすか。失礼しました」

幸作は一礼し、板場へと戻る。里緒は入口の格子戸を見やり、目を大きく瞬かせた。

それから里緒とお竹は、帳場でお茶を飲んで一息ついた。正午近くになると、お客たちは深川祭りを見に、ぞろぞろと出ていった。

里緒たちは昼餉を摂り、掃除をし、洗濯ものに火熨斗《ひのし》をかけ、新しくお客を迎える準備をした。新しいお客は、今日は二組なので、お竹と二人でもそれほど手間はかからなかった。

それを終えると、里緒は二階の納戸に入り、空気の入れ替えをした。近頃は、納戸もちゃんと手入れをしている。里緒は祖父母の形見を見つけたことで、遺してくれたこの旅籠の至るところへ、いっそうの愛着を持つようになったのだ。

納戸の床を乾拭《からぶ》きしながら、里緒はふと思った。

——数年前の立ち退き話の件、このあたりの町名主《まちなぬし》さんは知っていたのかしら。知らなかった訳はないと思うのだけれど。町名主さん、お父さんとお母さんが亡くなった後も、そのようなことを話してくれたことは一度もなかったわ。

山之宿町及び山之宿六軒町《ろつけんちよう》の町名主を務めているのは、飯尾《いいお》利右衛門《りえもん》という齢五十の男だ。威張ることもなく、気さくな人柄で、人気も高い。里緒は利右衛門と親しい訳ではないが、面識はある。利右衛門は、里緒の両親の葬儀にも顔を見せ、野辺《のべ》送りまで付き添ってくれた。

——町名主さんは、私に心配させないように、わざと何も話さなかったのかしら。

ぼんやりと考えつつ、掃除を終えて、下に戻った。

それからすぐ、お客を迎える刻の八つ（午後二時）になったが、どうしてか二組ともなかなか現れない。里緒は帳場から出て、格子戸を眺めた。続いてお竹も出てくる。

「どうしましたか、女将」

里緒は戸を見つめたまま、呟くように答えた。

「やはり、何かおかしいわ」

「はい？」

「さっきから、叫び声みたいな大きな声が聞こえてくるけれど、お祭りで浮かれている声ではないわ。きっと……何かあったんだわ。盛田屋の若い衆に、訊いてくるわね」

里緒は顔を強張らせ、草履《ぞうり》を履《は》いた。そして格子戸に手を伸ばそうとした時、誰かが先に勢いよく開けた。

町名主の飯尾利右衛門と、経師屋《きょうじや》の茂市の姿を見て、里緒は目を丸くした。二人とも息を荒らげ、真剣な面持ちで、額に汗を滲ませている。

茂市が叫んだ。

「女将、たいへんです！　永代橋《えいたい》が落ちて、大騒動になっています。こちらの番頭さんや仲居さんも巻き込まれて大怪我をしたようなので、来ていただけませんか」

「なんでも、仲居の一人は危ないらしいです。三人とも永代橋の近くの川岸に寝かされ、医者に診てもらっている状態です」

苦渋の面持ちで、利右衛門が告げる。

里緒は目を見開き、手で口を押さえた。目の前に紗《しゃ》がかかり、血の気がすっと引いていく。ふらりとした里緒を、お竹が支える。お竹も青褪《あおざ》めながら、声を絞り出した。

「橋が落ちたって……いったいどうしてそんなことに」

「深川祭りを一目見ようと、人が押しかけ過ぎたようです。橋が崩れたことに気づかない者たちが後ろから押し寄せてきて、大事に」

「助けられた者たちは八百人近くで、その大半はもう……」

里緒は、お竹にもたれて目を瞑《つむ》った。気分が酷く悪く、額に汗が噴き出る。

茂市と利右衛門の声が響いたのだろう、板場から幸作も出てくる。幸作は顔を強張らせて廊下を駆けてきて、茂市と利右衛門に詰め寄った。

「本当なんですか。仲居のどちらかが危ない状態というのは」

「このようなことを冗談でお伝えする訳がありませんでしょう。……冗談ならば、どれほどよいかと」

利右衛門は唇を噛み締める。里緒は気を喪いかけながら、今朝、三人と話したことや、三人の笑顔を思い出した。

初めて見る深川祭りに無邪気に胸をときめかせていたお栄とお初は、里緒の本当の妹のようで、その二人に責任を持って付き添おうとする吾平は、本当の父親のようだった。

里緒は額の汗が引いてくると、姿勢を正し、気丈《きじよう》に言った。

「今から参ります。三人のところへご案内ください。……お竹、幸作、後はよろしくね」

そして里緒は、二人の返事を待つことなく、利右衛門と茂市とともに雪月花を飛び出していった。

どうやら永代橋が崩落したのは、四つ半（午前十一時）近くで、ようやくこちらのほうにも伝わってきたようだ。

浅草でも大騒ぎになっていて、いつも近くで見張ってくれている盛田屋の若い衆も散ってしまっていた。盛田屋の面々も、救助に手を貸しにいったと思われた。

利右衛門と茂市の後を追いながら、里緒は心の中で叫んでいた。

——吾平、お栄、お初、どうかどうか、無事でいて！　お土産話、楽しみにしていたんだから。一緒に夕餉を食べることだって。……ああ、神様、お願いです。これ以上、私の大切な人たちを、私から奪わないでください。

溢れる涙を、手で拭う。里緒は祈るような思いで、町を駆け抜けた。

残されたお竹と幸作は、暫し呆然《ぼうぜん》としていたが、幸作は居ても立ってもいられないかのように、様子を見に外へ出ていった。

少しして戻ってくると、幸作はお竹に伝えた。

「聞いた話では、四つ半前頃に橋が落ちたようです。お役人だけでは足りず、佃島の漁師たちも力添えして助け出しているみたいで。このあたりからも駆けつけているようですから、盛田屋の皆も向かったのではないかと」

「そんな酷いことになっているの」

「たぶん、亡くなった人、怪我した人、併せて千人は超えるのではないかって」

気分が悪くなったのだろう、お竹が胸を押さえる。幸作は板場から水を入れた湯呑みを持ってきて、気つけ薬とともにお竹に渡した。それを飲み、お竹は額に手を当てた。

「ありがとう」

「無理しないで、休んでいてください。とにかく、報せを待ちましょう。今、八つ半（午後三時）を過ぎたところですから、向こうも少し落ち着いてきたんじゃないかな。ここのお客様たちは橋が落ちた後に出かけられたから、皆、無事でしょう。なかなか帰っていらっしゃらないのは、騒ぎに巻き込まれて、どこかで足止めを食っているのかもしれません」

「……じゃあ、八つ（午後二時）にいらっしゃるはずだったお客様たちも、どこかで足止めされてしまったのかしら」

「たぶん、そうでしょう。大混乱になって、川も道も、通行を一時、完全に止めていたみたいです。お役人たちが指示していたようですが、人の流れを止めたり変えたりするのは、骨が折れるでしょうね」

「山川の旦那も、行っているんでしょうね。……女将、旦那と会えればいいけれど」

お竹は肩を落として、また胸を押さえる。幸作はお竹の背中にそっと触れた。

「大丈夫ですよ。雪月花の面々は、なかなかどうして、皆しぶといですもん。怪我ぐらいで、三人ともへこたれませんよ」

「……そうかしら」

お竹の声が不意に震え、目から涙がこぼれる。幸作は、手に力を籠めた。

「そうですよ。お竹さんがそんな弱気じゃ、駄目ですよ。……俺は信じてます、吾平さん、お栄ちゃん、お初ちゃんの、生き抜く力を」

だが、そう言いながらも、幸作の顔も強張っている。幸作も、今にも涙をこぼしそうなほど、気持ちが張り詰めているようだ。

お竹も幸作も、次第に口数少なくなっていく。片付け忘れたのだろう、帳場にはお栄とお初が作った照々坊主がまだ吊るしてあった。淡黄色の布で作ったそれは、いつも黄八丈を着て働いている二人を思い出させる。

照々坊主を眺めながら、お竹が声を絞り出した。

「……あんなに楽しみにしていたのに」

堪《こら》えきれずに嗚咽《おえつ》するお竹の傍らで、幸作もやりきれぬように天を仰《あお》ぐ。刻が経つのがこれほど長く、重く感じられたのは、二人とも初めてであっただろう。

すると、不意に格子戸が開かれる音がして、聞き覚えのある声が響いた。

「ただいま戻りました。いやあ、酷い目に遭いましたよ」

「足止めを食ってしまって、遅くなりました。申し訳ありません」

「お土産を買うどころではありませんでした」

お竹と幸作は顔を見合わせ、あたふたと帳場を出る。吾平、お栄、お初が上がり框を踏んだところだった。

ひたすら呆然とするお竹と幸作に、吾平が首を傾げた。

「どうしたんだ。幽霊でも見たような顔をして」

お竹は洟を啜りながら、声を上擦《うわず》らせた。

「けっ、怪我をしたのでは、なかったんですか」

吾平たちは顔を見合わせた。

「見てのとおりだ。永代橋が落ちたのは知っているのか」

お竹と幸作は大きく頷く。

「そうか。落ちた時、俺たちはまだそこへと辿り着いていなかったんだ」

お栄がバツの悪そうな顔で続けた。

「いつもの黄八丈ではなくて、初めて着た小袖だったので、私もお初ちゃんも少し歩きにくくて」

「時間がかかってしまったんです」

お初も恥ずかしそうに付け加える。吾平が苦笑した。

「まあ、そのおかげで、俺たちは災難を免《まぬか》れたって訳だ。女将には感謝しないとな。こいつらに新しい着物を誂《あつら》えてくれたから、巻き込まれずに済んだのだから」

「本当に女将さんには感謝です」

「命の恩人です」

お栄とお初は大きく頷く。吾平はしみじみ言った。

「足止めぐらいで済んでよかったぜ。で、女将はどこにいるんだ」

吾平たちはきょろきょろと見回す。幸作は息を呑み、掠《かす》れる声で答えた。

「女将さん、出ていってしまったんです。吾平さんたちが橋から落ちて、大怪我したって話を聞いて」


永代橋が造られたのは、元禄《げんろく》十一年（一六九八）、葉月朔日である。徳川家康《とくがわいえやす》公の江戸入府《にゅうふ》以降、大川に架けられた四番目の橋だ。架橋は、五代将軍綱吉《つなよし》公の齢五十を祝う記念事業だった。

しかし江戸幕府はやがて財政が窮乏《きゅうぼう》したため、永代橋の維持を諦め、老朽化が著しくなった享保《きょうほう》四年（一七一九）に廃橋を決定するも、町人たちの嘆願《たんがん》により存続が叶った。

この存続には、橋の維持に伴う諸経費を、町の者たちが全て負担することが条件だった。つまり民間での管理となったのだ。

町の者たちは、武士、医師、僧侶、神主以外からは橋の通行料を取り、また橋詰にて市場を開いて収益を上げるなど費用を工面して維持に努めた。

その永代橋は、日本橋北新堀町《きたしんぼりちょう》と深川佐賀町《さがちょう》を繋《つな》ぎ、長さ百十間《けん》（およそ二〇〇メートル）、幅三間（およそ六メートル）あまり。西に富士、北に筑波《つくば》、南に箱根《はこね》、東に安房上総《あわかずさ》が眺められると名高い、大きな橋だ。

そこに人が押し寄せて崩れ落ちたのだから、その惨状は推《お》して知るべしであった。

吾平は慌てて盛田屋へと向かい、入口の長暖簾を潜った。

「いらっしゃいやし！」

若い衆たちが迎えてくれるものの、いつもの半分ぐらいの数だ。救助からまだ戻ってきていない者もいるのだろう。

「親分、いるかい」

吾平の強張った面持ちから、何か起きたと察したのだろう、若い衆たちも皆、神妙な顔になる。するとお貞が現れ、毅然《きぜん》とした声を響かせた。

「ちょうど戻ってきたところです。どうぞお上がりください」

お貞に案内され、吾平は奥へと向かった。

内証に通され、寅之助の顔を見ると、吾平は頽《くずお》れるように座り込んだ。

「どうしたんだ、いってえ」

寅之助は煙管を吸いながら、目を瞬かせる。その隣には、浅草寺の門前あたりの町を取り仕切っている、町名主の竹仲十兵衛《たけなかじゆうへえ》太がいた。この二人はかつてから懇意なので、どうやら一緒に深川に行っていたようだ。竹仲とは、吾平や里緒も顔見知りで、季節の挨拶は欠かさぬ仲である。

吾平は項垂れながら、呻《うめ》くような声を出した。

「拙《まず》いことになりました。……もしや女将、どこかに連れていかれたかもしれません」

「なんだと」

寅之助は煙草盆に煙管を置き、身を乗り出す。竹仲も顔を引き締めた。

吾平は苦渋の面持ちで、お竹と幸作から聞いたことを話した。寅之助と竹仲は眉根を寄せ、大きく息をついた。

「いったい、どういうことだ。悪党どもが町名主と経師屋に嘘を流して、それを二人が鵜呑《うの》みにして、女将に報せにいったのか？　でもそれは悪党どものおびき寄せで、三人ともどこかに連れ去られちまったってことか」

「そうなりますよね……」

吾平の顔が青褪める。竹仲が低い声を響かせた。

「早く奉行所に報せなければ」

すると寅之助が大声でお貞を呼んだ。お貞が顔を出すと、寅之助は叫んだ。

「順二と民次を連れてこい！」

お貞は速やかに動き、直ちにその二人を連れてくる。寅之助は順二と民次に訳を話し、それぞれに命じた。

「順二、お前は奉行所に走って、女将たちがいなくなったことを報せてこい！　旦那方は出払っているだろうが、一人ぐらいは留まっているに違いねえ。早く行け！」

「かしこまりやした！」

威勢よく返事をし、順二はすぐさま走り出す。この順二、とにかく喧嘩が強くて足が速いのを、寅之助に見込まれているのだ。

寅之助は、今度は民次を見据えた。

「民次、お前はほかの衆たちと一緒に、深川へ行け。大急ぎで山川の旦那を見つけて、女将のことを報せるんだ！　今、何人ぐらい戻ってる？」

「十五人ぐらいです」

「なら全員で旦那を捜せ！　半太か亀吉でもいい。あいつらに言えば、旦那に伝えてくれる」

「かしこまりやした。全員で必ず見つけ出しやす！」

民次も威勢よく返事をし、大柄な躰を弾ませ、部屋を出ていく。

盛田屋の者たちの熱意に、吾平は頭が下がるばかりだ。

「親分、ありがとうございます」

平伏《ひれふ》す吾平に、寅之助は発破《はっぱ》をかけた。

「女将の一大事に、わっしらがしっかりしなくてどうするんだ。辛気臭《しんきくさ》い顔するんじゃねえ。早く女将を助け出すことを考えよう」

「はい」

吾平は顔を少し上げ、腕で目を拭う。竹仲が口を出した。

「やはり悪党どもに連れ去られ、どこかに閉じ込められたということか」

「そうでしょう。悪党ども、永代橋の騒ぎのどさくさに紛れて、やりやがったな。前から女将を連れ去ることを企んでいて、ちょうどいい機会がきたと、実行に移したんだろう。……卑怯《ひきょう》な奴らめ」

寅之助は歯軋《はぎし》りをする。吾平も膝の上で拳を握った。

「やはり、やったのは猪崎組の連中ですよね。すると、連れていったのは、奴らの隠れ家でしょうか」

「そうだろう。三人を隠せるなら、広いところじゃねえかな。ほかに磯六と高瀬も閉じ込められているかもしれねえし。……まだ生きているとしたらな」

話しながら、寅之助の唇が微かに震える。寅之助も気丈さを保とうと、努めているようだ。

するると竹仲が、腕を組みつつ不意に口にした。

「女将を呼びにきたのは、町名主と経師屋だったのか。……ここの町名主は、飯尾利右衛門だよな」

「はい、さようです」

吾平が答えると、竹仲は首を傾げた。

「すると、悪党たちに連れ去られたのは、二人なのではないか。女将と、経師屋だ」

吾平と寅之助は目を瞬かせた。

「どういうことでしょう。……飯尾様は、連れ去られた訳ではなかったと？」

吾平は訊ねながら、竹仲が言ったことの意味に薄々気づき、息を呑んだ。寅之助が押し殺した声を出した。

「もしや……町名主も悪党の一味だったってことですかい」

竹仲は苦々しい顔で頷いた。

「なにやら、そのような気がしてならぬ。飯尾さんは人当たりがよさそうに見えるが、実は一癖《ひとくせ》ある男でね。町名主の間でも、評判はよろしくない。よからぬ噂が、耳に入ってくる。金に汚い、好色《こうしょく》、などと」

吾平は額を押さえて、項垂れた。

「そうか……。猪崎組の奴ら、どうしても土地を手に入れるために、町名主まで仲間に引き込んでいたのか」

「町名主が呼びにいったふりで手引きして、どこかに連れていったってことか。

許せねえ」

寅之助は忌々《いまいま》しそうに舌打ちする。竹仲が溜息をついた。

「私も力添えして女将たちを捜したいと思うが、どこを捜せばよいのだろう。猪崎組の隠れ家は分かっているのか」

「奴らは隠れ家や寮をいくつか持っているようですが、分かっているのは向島、千住大橋、品川のあたりにあるということだけです。その中で、向島は隠れ家の場所をはっきり突き止めることができたそうです。寺島《てらじま》村の法泉寺《ほうせんじ》に近い、粗樫《あらかし》の生垣で囲った一軒家とのことです」

「ならば一か八か、そこに向かってみるか。それとも見つけ出すことなどは、奉行所のお役人方に任せておいたほうがよいのか。どちらなのだろう」

寅之助は顎を撫でながら目を泳がせ、竹仲の問いに答えた。

「踏み込んだとしても、わっしらだけで助け出すことは難しいでしょう。やはりお役人様の指示を仰いだほうがよいのでは。……わっしも、山川の旦那を捜しにいって参りやす」

寅之助がおもむろに腰を上げると、吾平と竹仲も顔を見合わせ、立ち上がった。

そして三人で、深川へと向かった。

皆が永代橋の近くに着く頃には、薄暗くなりかけていた。だいぶ落ち着いたが、川に落ちた者の救助はまだ続いている。引き揚げられ、川岸に並べられた骸《むくろ》を目にすると、遣り切れぬ思いが込み上げた。

――皆が楽しみにしていた祭りの日に、まさかこんなことになるなんて。

吾平だけでなく、誰もがそう思っていたに違いない。

行方知れずになってしまった者を捜しているのだろう、あちこちから名前を叫ぶ声が聞こえる。

助かった者たちは仮に作った小屋で手当てを受けていたが、入り切れずに外で待たされている者や、寝かされている者も多かった。

どさくさに紛れて掏摸《すり》を働くような不届き者もいるようで、町方《まちかた》役人の怒声《どせい》も飛んでいる。

多くの人々を掻き分けつつ、寅之助は大きな声で隼人の名前を呼びながら捜した。

「山川の旦那はいらっしゃいますか！」

吾平と竹仲もそれに倣《なら》う。続けていると、民次ら盛田屋の若い衆たちが駆け寄ってきた。

「すみやせん。旦那、なかなか見つからなくて。もしかしたら、八丁堀のほうへ行ってしまったんでしょうか」

「半刻(およそ一時間)ぐらい前まで、ここで川に落ちた人を引き揚げていたそうですが」

寅之助は眉根を寄せた。

「うむ。八丁堀も見てみるか。あちらも人通りや舟の流れを、止めたり緩めたりしているだろうからな」

「旦那、どこかに立って、その指示をしているかもしれませんね」

額の汗を拭いながら、吾平が口を挟んだ。暑さが残るこの時季、集まった男たちは皆、汗を噴き出している。

手分けして隼人を捜すことになり、三人が一組になって、あちこちに散らばった。永代橋は使えないので、新大橋を渡ってから豊海《とよみ》橋を渡り、八丁堀へと向かう。

「旦那! 山川の旦那!」

民次らが大声を上げながら捜すうち、少し離れた湊《みなと》橋のほとりで隼人が見つかった。こちらまで流れてきた骸《むくろ》を引き揚げていたようだ。隼人は、岡っ引きの如く脚絆《きやはん》に裾絡《すそから》げの姿で、手に提灯を提《さ》げていた。傍らには半太と亀吉もいる。民次ら若い衆の顔を見ると、隼人は面持ちを緩めた。

「おう、ご苦労。……どうした、何かあったのか?」

民次たちの顔つきが強張っているので、隼人は目を瞬かせる。民次が掠《かす》れる声で言った。

「雪月花の女将さんが連れていかれちまいやした。悪党どもの仕業と思われやす」

隼人の動きが止まる。

半太と亀吉が、民次に詰め寄った。

「それは本当だな」

「そんな嘘を言うために、これほど汗だくになって走り回る訳ありやせんよ。番頭さんや、親分、ほかの若い衆たちも集まっておりやす。浅草寺門前の町名主さんも」

「連れてきやしょうか」

カズという若い衆に訊ねられ、隼人は我に返ったように口を開いた。

「お願いするぜ。こっちは落ち着いてきているから、皆で里緒さんを助け出そう」

「かしこまりやした。すぐに連れて参りやす」

民次たちは一礼し、深川に向かって走り出す。その姿を、隼人は茫《ぼう》と見ていた。

暮れてきた頃、男たちは提灯を手に、湊橋のたもとに集まった。隼人は吾平から詳しいことを聞き、顔をいっそう強張らせた。擬宝珠《ぎぼし》に手を突き、唇を嚙み締め、呻くように呟く。

「こんな時を狙って……しかも使用人たちを大切にしている里緒さんの、一番痛いところを衝《つ》きやがって……。許せねえ」

いくつもの提灯に照らされ、隼人の顔が浮かび上がる。吾平や寅之助をはじめ、口に出さずとも、皆、思っていた。隼人のこのような顔を見るのは初めてだ、と。

しんとなる中、寅之助が口火を切った。

「猪崎組の隠れ家がある場所で分かっているのは、向島、千住大橋、品川あたりと聞きやした。皆で手分けして探しやしょうか」

「これだけの人数がいれば、できますよ。七人ずつ三組で」

吾平が口を出すと、一同、大きく頷いた。しかし、隼人は顔を強張らせて茫としたままだ。半太が声をかけた。

「旦那」

だが、声が聞こえていないかのように隼人は反応を見せない。半太は、旦那しっかりしてください、と言いたいところをぐっと呑み込み、再び、旦那、とだけ声をかけた。

すると、隼人は頭を微かに振って我に返った。

「ああ、すまねえ。……そうだな、三組に分かれて探すか」

民次が訊ねた。

「隠れ家がどこにあるのかはっきり分かっているのは、向島だけなんですよね」

「うむ。……だがな、向島には連れていかなかったんじゃねえかな」

「それはどうしてですか」

「隅田川の流れが止まっちまっていたからだ。あのあたりにも一時、舟が犇《ひし》めき合っていたし、吾妻《あずま》橋もごった返していて、山之宿からあちらに運ぶのは難しかったと思われる。里緒さんが飛び出していった八つ半（午後三時）頃は、特にそうだったからな」

「ああ、考えてみれば、確かに。人目を避けるためにも、そちら側には行かないでしょうね」

吾平が肩を落とす。亀吉が言った。

「では、千住大橋と品川に絞りやすか」

隼人は顎をさすって、目を泳がせた。

「うむ。……だがな、品川はちいと遠いよな。それに、その刻、やはり舟は使いにくかったと思われる。すると、運ぶとしたら駕籠だ。気を喪わせて駕籠に入れて、騒ぎをすり抜けながら運んだんだ。ならば、それほど離れていないところ。千住大橋じゃねえかな」

皆、顔を見合わせ、頷き合う。半太が乗り出した。

「でも旦那、千住大橋といっても、広いです。何を手掛かりに捜せばいいのでしょう」

「しかも、もう暗いからな」

竹仲が眉根を寄せる。

千住大橋には町もあれば村もあり、田畑も広がっている。そこを一軒一軒捜すのは、二十人以上の人手があっても、時間がかかりそうだった。

半太の言うこともっともだと思い、隼人は項垂れた。

――一刻も早く助けなければ、手遅れになるかもしれねえ。

そのような思いが、隼人を苛《さいな》む。里緒の無事を祈りながら、気持ちが逸《はや》り、頭が冷静に働かなくなってくる。

「隠れ家に、何か特徴はないのかな」

「近くに稲荷があるとか、池があるとか、些細《ささい》なことでいいんだ。目印になるようなものを、知ってる奴はいねえか？」

押し黙ってしまった隼人の傍《そば》で、皆がそのような話を始める。

隼人は気持ちを落ち着かせようとするも、里緒の姿が絶え間なく浮かんでくる。隼人様、と自分に声をかける時の里緒の笑顔を思い出し、隼人の胸は鷲摑《わしづか》みにされるかの如く締めつけられた。

隼人は思わず手を組み、祈った。

――里緒さんのご両親、お祖父さん、お祖母さん、どうか、どうか、里緒さんを守ってください。

目を固く瞑り、必死で願ったその時。

隼人は不意に思い出した。里緒に見せてもらった、祖父母の形見の華やかな櫛のことを。ちょっと我儘な幼い頃の思い出を話す里緒は、とても愛らしかった。

隼人が瞑っていた目を開けると、吾平が話しかけてきた。

「旦那、取り敢えず皆で千住大橋に向かって、ひたすら、あちこちを捜し回りましょう。それしか手はありません」

吾平の言葉に、一同、頷く。隼人はゆっくりと口を開いた。

「もしかしたら、奴らの隠れ家は、庭に夾竹桃が立っている家かもしれねえ」

「夾竹桃ですか？」

男たちは顔を見合わせ、首を傾げる。

隼人は皆に、推測の訳を話した。里緒の祖父母の形見の櫛を思い出すと、隼人は続けて、里緒が夾竹桃について語ったことも思い出したのだ。悪党たちが長屋での異臭騒ぎに使ったのは、猛毒を秘めた夾竹桃なのではないかと里緒が察したことを。

「奴らは長屋での騒ぎを二度起こしているが、その時に結構な量の夾竹桃を燃やしたと思われる。また里緒さんの推測だと、舟の仕出し弁当の騒ぎの時には、悪党どもは夾竹桃で作った箸にすり替えたんじゃねえかと。すると、夾竹桃が身近にあって、いくらでも手に入れられるってことだ。ならば庭に植えてるってことは、大いにあり得るんじゃねえか。植えるとしたら、やはり千住大橋の隠れ家だろう。奴らの縄張りからそれほど遠くはないから、使おうと思った時にいつでも手に入るので便利だ」

　半太が手を打った。

「なるほど。奴らの両国の縄張りには夾竹桃らしい花は見当たりませんでしたから、木を植えているとしたら、そこの隠れ家でしょうね」

「じゃあ、その木を手懸かりに見つけよう」

　一同、頷き合うも、若い衆の康平が首を傾げた。

「すいやせん。俺、夾竹桃ってよく分かりやせん。どんな木なんでしょう。目印は何かありやすか」

「花が、桃のそれに似てるんだ。葉は竹のそれに似ていて、だから夾竹桃って名づけられたらしい。ちょうど、今を盛りに紅や白の花が咲いているから、暗くても分かると思うぜ」

　隼人が答えると、今度は亀吉が眉根を寄せた。

「桃の花に似てるのなら、桃の木とうっかり間違えちまいそうですぜ」

「いや、その心配はねえよ。桃の花が咲くのは春だ。今、桃みてえな花を咲かせているのが、夾竹桃だ」

「なるほど、そうでした」

亀吉が額を手で打つと、微かな笑いが起きた。一抹《いちまつ》の希《のぞ》みが見えてきたようで、皆の顔も少し和らぐ。隼人は威勢よく言った。

「千住大橋に行くぜ。目印は夾竹桃だ」

「かしこまりました」

男たちは力強く頷くと、提灯を手に地を踏み鳴らして、急ぎ足で歩を進めた。

千住大橋に着き、何組かに分かれて手当たり次第に探っていると、御手洗《みたらい》池の近くの下谷通新町《したやとおりしんまち》で、それらしき一軒家を見つけた。五十坪ほどの広さで二階もあり、庭には夾竹桃と思しき木が家を囲むように立っている。目隠しの役割も果たしているのだろう。その木には、桃に似た花が艶やかに咲き乱れていた。月明かりに照らされ、紅と白の彩りは闇の中でもよく映える。

隼人はその一軒家に近づき、息を潜めて様子を窺いつつ、半太と亀吉に小声で命じた。

「近所の者たちに聞き込んできてくれ」

二人はしかと頷き、半太は御手洗池のほうへ、亀吉は圓通寺《えんつうじ》のほうへと速やかに向かう。隼人は直感で、この家に違いないと思っていた。

少しして亀吉が戻ってきて、報せた。

「ここには怪しい男たちがたまに出入りしているようですぜ」

続いて半太も息を切らしながら戻ってきて、告げた。

「いつもは寮番《りょうばん》らしき男が一人いるそうですが、今日はなにやら人の出入りがあって、昼間からガタガタしていたようです」

三人は顔を見合わせ、頷き合う。隼人は声を低めた。

「踏み込むぞ。皆を連れてきてくれ」

半太と亀吉は真剣な面持ちで頷き、闇が広がる中、提灯を手に駆けていった。

夜風が障子窓を揺する音がして、里緒は眠りから覚めた。だが、頭が鈍く痛んで、目がなかなか開けられない。茫としながら気づいた。手足を縛られていることに。

——ああ、そうだわ。深川に向かおうとしていた時、後ろから誰かに頭を叩かれたんだわ。それでふらりとしたところ……今度は鳩尾《みぞおち》を殴られたのよね。

鳩尾を殴った相手を思い出しながら、里緒は血の気が引いていく。ようやく開けられた目の前に、その者がいて薄ら笑いを浮かべていたからだ。

「女将さん、お目覚めになったね。どうだい、気分は」

町名主の飯尾利右衛門はそう言って、里緒の頰に触れた。里緒は思わず叫び声を上げそうになったが、布で口を塞《ふさ》がれてしまっている。近くには、経師屋の茂市も縛られて転がされていた。

「ううっ、うぐっ」

声にならない呻き声を上げ、身を捩《よじ》る。後ろ手に縛られているので、動くと縄が食い込み、よけいに痛んだ。里緒の顔は蒼白《そうはく》になり、涙が滲《にじ》んでくる。

利右衛門は、にたりと笑った。

「まだ手はつけていないよ。気を喪っている女を襲っても、面白くないからね。……女将さんが目を開くまで待っていたんだ。お前さんのことを、前々から狙っていたんだよ」

生温かな手で頰を撫でられ、里緒は総毛《そうけ》立つ。躰を震わせながら、さらに気づいた。利右衛門の後ろに、ほかにも男がいることに。七人ほどで、俠客と思しき者もいれば、武士もいる。俠客の親分らしき者が、太い声を響かせた。

「名主様よ、お楽しみになるのはいいが、その前に方をつけさせてもらうぜ」

「そうだな。それが先だ。……それが終わったら、存分に」

利右衛門はぎらつく目で里緒を眺め、唇をそっと舐める。里緒は再び気を喪いかけるも、俠客たちに抱き起こされた。

親分の猪蔵が近づいてきて、額に玉の汗を浮かべた里緒を見据え、手下に言った。

「口を塞いだ布を外してやれ。息苦しいだろうよ」

手下が言われたとおりにすると、猪蔵は里緒の顔をしげしげと見た。

「お前さん、旅籠の女将にしておくにはもったいねえな。もっと稼げるようにしてやろう。……わしたちが、雪月花の跡地に建てる遊女屋で働いてもらおうか。たっぷりとな」

男たちの下卑《げび》た笑いが、部屋に響く。猪蔵と利右衛門、俠客たちに囲まれ、里緒は身を震わせる。恐怖のあまりに、声が出ない。猪蔵は、にやけながら続けた。

「気がつかなかったかい？　山之宿のあの一帯は、もう家主たちに話がついているんだ。立ち退きの承諾を得て、後は皆に出ていってもらうばかり。残るは、お前さんたちが住む、せせらぎ通りだけなんだよ」

猪蔵は顎で、茂市を指す。茂市も手足を縛られたまま身を捩るが、何も抵抗できず、声にならない呻き声を上げるばかりだ。

どうやら悪党どもは、静かに密かに話を進めていたようだ。

――山之宿が近頃やけにひっそりしているように見えたのは、そういう訳だったのね。

里緒の目に、悔し涙が滲んでくる。悪党どもは恐らく、せせらぎ通りの者たちの耳に入れぬため、立ち退きについてよけいなことを話さぬよう、家主たちを恫《どう》喝《かつ》していたのだろう。

唇を嚙み締める里緒に、猪蔵は笑った。

「そこで、お前さんたちに用事があったって訳だ。何、そんな用事はすぐに済む。せせらぎ通りの纏め役のお前さんと、纏め役補佐のあの男の、売券がほしいんだ。それで証文を作ったんだ。土地の売券や譲状の一切をわしたちに渡す旨が書かれた証文をな。それに爪印《つめいん》をもらえばいいんだ」

里緒の首筋に、猪蔵の手が伸びてくる。里緒は首を強く振り、猪蔵をきっと睨んだ。

「ふふ。……お前さん、なかなか気が強そうだな。そういう女を可愛がってやるのが、わしは好きでな」

「私も大好きだよ」

利右衛門も迫ってきて、里緒はついに大きな声を響かせた。

「やめてください！　あなたたちのような卑劣《ひれつ》な者たちに、せせらぎ通りの地は、決して渡しません！」

部屋が静まり返る。唇を震わせながら悪党たちを睨む里緒に、猪蔵がドスの利いた声で訊ねた。

「なんだと？　もう一度言ってごらん」

俠客どもの顔つきも変わる。里緒は息を荒らげつつ、取り囲む者たちを睨む。するとと武士が腰を上げ、近づいてきた。武士は里緒の前に立ちはだかると、刀を抜いた。そしてその刃先を、里緒の白い喉元へと押し当てた。

里緒は目を見開き、息を吞む。心の中で叫んだ。

――お父さん、お母さん、お祖父さん、お祖母さん！　隼人様……隼人様、助けて！

武士はにやりと笑い、刃先で里緒の首筋をすっと撫でた。

「その綺麗な顔を斬られたくなかったら、おとなしく言うことを聞くんだな。ふふ……誰も助けになんか来ぬぞ。ここの場所は容易には分からぬ。お前さんと懇意の同心でもな」

武士は目を爛々《らんらん》とさせ、刃先で里緒を弄《もてあそ》んだ。刃先を喉元から、少しはだけた胸元へと滑らせる。額に冷たい汗を滲ませ、里緒は思わず目を瞑った。

「あんな男より、俺たちのほうがいいって、分からせてやろう」

「それはいいですね。たっぷりと分からせてやりましょう。骨の髄《ずい》までも」

猪蔵が舌舐めずりする。利右衛門も、くっくっと笑った。

「この白兎、煮て食おうか、焼いて食おうか、さて、どうしましょう」

三人は顔を見合わせ、含み笑いで頷き合う。猪蔵が声を響かせた。

「お楽しみの前に……おい、お前ら、さっさとやっちまえ！」

「へい！」

猪蔵の手下たちが里緒を押さえつける。力が強過ぎて、もがくこともできない。その中の一人が証文を広げ、別の者が里緒の手を摑んで、親指を朱肉に押しつける。そしてその指を、証文へと引き寄せた。

里緒は胸を震わせた。

自分が証文に爪印を押したら、土地の売券など一切を悪党たちに譲り渡すことを認めたことになり、両親が命を懸けて守ってくれた雪月花がなくなってしまうのだ。それだけではない、せせらぎ通りだって消えてしまう。

　里緒の脳裏に、大切な人たちの顔が、次から次に浮かんだ。

「いや！　いやあああ！」

　指を引っ張られながら、里緒は泣き叫んだ。

　その時。

　風が鳴ったような音がした。

　障子窓が蹴破られ、隼人たちが乗り込んできた。吾平、寅之助、盛田屋の若い衆、半太と亀吉、竹仲までもがいる。

　里緒は涙が滲む目を、大きく見開いた。

　男たちを引き連れ、隼人が野太い声を響かせた。

「ついに押さえたぞ！　てめえら、汚ねえ真似しやがって。絶対に許さねえから、覚悟しろ！」

　隼人以下、全員で悪党どもに立ち向かっていく。侠客たちは懐から短刀を取り出して応じるも、若い衆だけでも十五名いるので、とても太刀打ちできない。

　猪蔵や利右衛門も、あっという間に伸《の》されてしまった。寅之助は、自分の手下たちに縛り上げられた猪蔵を睨み、その顔に唾を吐いた。

吾平は、半太と亀吉に押さえつけられた利右衛門の前に立ち、唇を少し歪《ゆが》めた。

そして、利右衛門の顔をぶん殴った。

皆が争っている隙に、武士は逃げようとしたが、隼人が追いかけてきた。刀を突きつけ合いながら、隼人が呻いた。

「作事奉行、塚越琢磨《たくま》。貴様は、恥ずかしくはないのか！」

塚越は、薄い唇に皮肉な笑みを浮かべた。

「町方同心の、そんな刀で、私を斬れる訳がなかろう。莫迦者《ばかもの》が」

隼人が持っている刀は、刃引きしたものなので、人を斬ることはできない。

だが隼人は些《いささ》かも動じることなく、越塚を睨みつけたまま迫り寄った。そして塚越が刀を振り上げる前に、隼人は満身の力を籠めて刀を振り下ろし、その手首を叩いた。骨が折れた音がした。

塚越の手から刀が落ちる。手首を押さえて蹲《うずくま》ってしまった塚越を、隼人は見下ろす。だがそれだけでは気が済まずに、塚越の背中を思いきり蹴り上げてやった。

悪党どもすべてに縄をかけると、隼人は里緒のもとへと走り寄った。里緒は動くこともできず、倒れ込んでいる。隼人は、里緒の足首を縛っていた縄を解いた。そして、青褪めている里緒を、優しく抱き起こした。

「里緒さん、時間がかかって、すまなかったな。怖い目に遭わせちまった。許してくれ」

隼人を見つめながら、里緒の目から涙が溢れ出す。里緒は隼人にしがみついた。

里緒は微かな声で隼人の名前を繰り返しながら、泣きじゃくる。

隼人は里緒の黒髪にそっと触れた。

「里緒さんのご両親や、お祖父さんやお祖母さんが、守ってくれたんだな」

隼人は囁《ささや》きながら、里緒を強く抱き締めた。


竹仲は隼人に頼まれ、番所《ばんしょ》へと向かった。そこの番人たちに奉行所に報せてもらうためだ。

茂市も無事に助けられたが、喉がからからで話せないようだったので、半太が裏庭の井戸から水を汲んできて飲ませた。茂市はそれを飲み干してようやく少し落ち着き、声が出るようになった。

「す、すみませんでした。私がついていながら」

「仕方ねえよ。あいつらが相手だったら。とにかく二人とも無事でよかったぜ。ご苦労だったな」

隼人に肩をさすられ、茂市は目を潤ませるも、ふと首を傾げた。

「あの……もしかしたら二階にも誰かいるかもしれません」

「二階に？」

天井を見やる茂市につられ、隼人も見上げる。

「はい。先ほど、皆さんが悪党たちと争っていらっしゃる時、二階から何か叫び声がしたのです。床を踏み鳴らすような物音もしました」

隼人は里緒を見るも、里緒は張り詰めていて気づかなかったのだろう、首を傾げる。次に寅之助を見やり、隼人はぽつりと口にした。

「おい、まさか」

寅之助と若い衆たちは顔色を変え、階段を探して駆け上がっていく。寅之助の叫び声が、下にまで響いた。

「磯六じゃねえか！　この野郎、心配させやがって！」

「こちらは高瀬さんっすよね」

若い衆たちの昂《たかぶ》る声も聞こえてきて、隼人と里緒は顔を見合わせる。隼人は部屋を駆け出て、階段を上がろうとして、振り向いた。案《あん》の定《じょう》、里緒がついてきていた。

「おい、里緒さんは少し休んでいてくれ。この急な階段、まだ上れねえだろう。危ねえよ」

「大丈夫です。隼人様のお顔を拝見して、気分が悪かったのもすっかり治りました」

澄まして言う里緒を、隼人は睨んだ。

「駄目だ。おとなしくしていてくれ。これは俺の命だ。後で磯六と高瀬を連れていく。頼むからあの部屋にいてくれ」

半太と亀吉もやってきて、口を挟んだ。

「旦那の仰るとおりです。女将さんはおいらたちと一緒に、一階で待っていましょう」

「女将さん、飛び跳ね過ぎるのも、大概にしやせんと」

「はい……すみません」

男三人に見据えられ、里緒は肩を竦めて頷いた。

こうして磯六と高瀬も無事保護された。二人の窶《やつ》れぶりには誰もが驚いたが、悪党どもは二人に足枷《あしかせ》をして二階の小部屋に閉じ込め、食べ物もろくに与えていなかったようだ。

この隠れ家には番人が常時一人いて、その者が二人の面倒を見ていたようだ。その者も、悪党の一味として、先ほど捕らえられた。

「ここ数日は朝昼晩と柿一つずつで、死ぬかと思いやした」

ぐったりとしている磯六を眺め、隼人たちは眉根を寄せる。閉じ込められ、どうやって助けを呼ぼうかと考える日々を送っていたところ、隼人や寅之助の声が聞こえてきたので、今だとばかりに騒ぎ立てたらしい。

隼人は半太と亀吉に金を渡し、言った。

「この近くで、まだ開いている料理屋があったら、何か作ってもらってそれを持ってきてくれ」

「かしこまりました」

二人はすぐさま外へ出ていく。今度は里緒が井戸から水を汲んできて、磯六と高瀬に飲ませた。

「ありがとうございます。……生き返りました」

高瀬は里緒に礼を言い、衿元を直す。長襦袢《ながじゅばん》に打掛《うちかけ》を羽織っただけの姿だが、男たちに乱暴されたような跡はなかった。

高瀬は髪もほつれて憔悴《しょうすい》していたが、吉原随一の花魁と謳《うた》われるだけあって、柔らかな光に包まれているような華やぎがある。里緒は思わず、見惚れてしまった。

少しして半太と亀吉が戻ってきて、磯六と高瀬に、大きな掻き揚げが載った蕎麦を出した。夜鳴き蕎麦屋に頼んで作ってもらったようだ。

磯六はすぐさま食らいついた。高瀬もまずは汁をずずっと啜り、夢中で蕎麦を手繰《たぐ》る。二人ともあっという間に平らげ、息をついた。

「こんなに旨いもんを食ったのは、久方ぶりです」

「私もです。実に美味しゅうございました。ご馳走様でございます」

高瀬は深々と頭を下げる。

二人はようやくしっかり声が出るようになり、何があったかを話した。

里緒が察したように、やはり磯六は、里緒の両親の死の謎を高瀬に視《み》てもらいたくて、会いにいったという。磯六は真剣な面持ちで、高瀬に訳を話して懇願した。磯六は高瀬のもとを一度だけでなく二度訪れ、頭を下げた。

磯六の姿に、高瀬は胸を打たれたのだ。冷めているように見えて情の厚い高瀬は、磯六の真っすぐさにほだされ、力になることを約束した。そして高瀬は、磯六にこのようなことを頼んだ。里緒の両親が亡くなった、音無渓谷の場所を絵に描いて持ってきてくれ、と。その絵から透視しようと思ったのだろう。

その話を、悪党どもの仲間の誰かが耳を欹《そばだ》てて聞いていて、真実に気づかれては拙いと、二人を連れ去ることにしたらしい。その仲間について、高瀬は心当たりがあるようだった。

「妓楼の若い衆に一人いました。少し、様子のおかしい男が。もしや、今頃もう、姿を消しているかもしれませんねえ」

淡々と話す高瀬に、隼人が訊ねた。

「お前さんと磯六は、別々に連れていかれたのかい」

「さようです。恐らく、磯六さんがお先だと。私は九郎助稲荷にお詣りしようと出たところ、男たちに囲まれて鳩尾を殴られました。それで気を喪ってしまって、後のことはよく分かりませんが、駕籠に乗せられていたような感じはありました」

「俺は、強面《こわもて》の野郎たちに囲まれて、背中に短刀を突きつけられて脅かされながら吉原を出て、少し行ったところでやはり鳩尾を殴られや した。 俺も駕籠で運ばれたんだと思いやす」

隼人は息をついた。

「そして連れてこられた先がここだったって訳か。しかし、よかったぜ。二人とも生きていてよ」

「おう、本当だ。よく殺されなかったぜ。……だがよ、花魁は殺すにはもったいないってことは分かるが、奴らはよくお前まで生かしておいたな」

寅之助はしみじみ磯六の無事を喜びつつも、鋭く衝いてくる。苦々しく笑う磯六の代わりに、高瀬が答えた。

「まあ、私を殺さなかった訳は、誰でもお分かりになりますよね。奴らが新しく作ろうとしていた一大花街《かがい》の遊女屋で、私に身を売らせようとしていたのですから。……奴らは、磯六さんも惜しいから殺《あや》めなかったんですよ。磯六さんを、盛田屋から引き抜こうとしていたのです」

「なんだって」

寅之助は目を皿にする。高瀬は磯六を流し目で見ながら、続けた。

「猪崎組の中に、磯六さんの若い頃の悪友がいたみたいですよ。奴らは磯六さんのことを調べていて、今は親分さんの右腕として真面目な働きを見せていることも知っていたのです。それで勾引《かどわ》かした磯六さんに、持ちかけたんです。これを機会に、猪崎組に入らないか、と。つまりは寝返れ、という訳ですよ。奴らはこの先、磯六さんを使って、盛田屋を乗っ取ってやろうとも考えていたみたいです。それで奴らは磯六さんを生かしておいたのでしょう。……でもね、親分さん」

高瀬は寅之助に向き合った。

「磯六さん、奴らに啖呵《たんか》を切ったんですよ。……盛田屋の親分は、誰からも見捨てられていた俺のことを信じてくれた、俺を救ってくれた。その親分を裏切るぐらいだったら、命を捨てたほうがましだ、って。磯六さん、奴らを睨みつけて、言い放ちましたよ。やるならやれ、とね。その時の磯六さん、いやあ、男前でした。きっと、そのような男気も、磯六さんを却って救ったのでしょう。猪崎組の者たちは、真に磯六さんを仲間にしたかったようですよ」

寅之助は磯六を見つめ、掠れた声を絞り出した。

「磯六……おめえ」

磯六は、赤黒い痣《あざ》がまだ残っている目の周りを、少し搔いた。

「ほんと、すいやせんでした。迷惑かけちまって。こんな阿呆な俺ですが、親仁《おやじ》、これからもお願いしやす」

磯六は姿勢を正し、寅之助に頭を下げる。寅之助は言葉を失い、天井を見上げた。盛田屋の若い衆たちも洟を啜っている。茂市も然りだ。里緒も思わず、目元を指で拭った。

隼人たちや吾平は、盛田屋の面々を温かな目で見つめていた。

三

悪党どもの自白から明らかになった。里緒の両親は、やはり土地争いに巻き込まれて命を落としたのだった。

猪崎組は前々から山之宿のあの一帯を狙っていて、旅籠と土地を手放してほかに移り住むよう、里緒の両親に話を持ちかけていた。だが、それ相応の金を出すといっても、里治と珠緒は頑《がん》として譲らず、猪崎組の者たちも焦《じ》れてきていた。

その時にせせらぎ通りの纏め役だった貸本屋の主人の信三郎を脅し、信三郎からも説き伏せてもらおうとしたが、駄目であった。信三郎は猪崎組の者たちが恐ろしくて、ほどなくして逃げ出したのだろう。

里治と珠緒も、なにやら差し迫ってくるものを感じて、ひとまず信州へ逃げようと思ったに違いない。

だが、猪崎組の若い衆たちは交替で、ずっと密かに里緒の両親を見張っていた。それゆえ、板橋宿を出てどこかへ向かったということにも、気づいた。

その時に見張っていた亮二《りようじ》という若い衆は、浦和《うらわ》宿のあたりまで尾《つ》けたそうだが、里治と珠緒は大山道《おおやまみち》のほうへ逸《そ》れたので、それに倣ったら、見失ってしまったという。それで渋々板橋宿へと戻り、帰ってくるのを待ち構えていたそうだ。

浦和宿は追分《おいわけ》の地であり、日光《にっこう》街道や大山道と繋がっている。恐らく里緒の両親は、尾けられていることに薄々気づいていて、わざと大山道へといったん逸れ、亮二を撒いたのだと思われた。

亮二は板橋宿で待ち続け、里緒の両親が帰ってきたところを狙って、また尾けた。今度は、コウという若い衆も一緒だった。

里緒の両親は旅籠で一泊した後、王子稲荷へと参詣にいった。あたりには音無川が流れている。二人はその見事な清流を眺めながら、渓谷のほうへと歩いていった。

そして亮二とコウは、人気《ひとけ》がなくなったところで、二人に声をかけた。

――お前さんらの土地と旅籠を手放したほうが、身のためだぜ。

凄みながら、もう一度説き伏せるため、二人に近づいていった。強面《こわもて》の若い男たちににじり寄られ、里治と珠緒は逃げた。亮二とコウも追いかける。足の速いコウが先回りして行く手を塞ぎ、亮二が後ろから迫っていく。

それを繰り返すうちに、里治と珠緒はいつの間にか渓谷の崖《がけ》へと追い詰められていた。

亮二とコウは里緒の両親ににじり寄り、土地の売券や譲状の一切を受け渡す旨が書かれた証文に、爪印を押させようとした。四人で揉み合っているうちに、珠緒が足を滑らせ、その手を引っ張ろうと里治も身を乗り出し、二人して落下してしまったとのことだった。

亮二とコウに殺意は微塵《みじん》もなかったらしく、まさかあんなことになるとは、と、ともに苦渋の面持ちで目に涙を滲ませた。

悪党どもは、雪月花が並ぶ一帯を、大きな花街にしようと謀《はか》っていた。だが、里緒の両親の死後、親分の猪蔵の持病が悪化し、その企ては一時中断することになった。猪蔵は一時、生死の境を彷徨《さまよ》うほどに非常に危ない状態だったのだ。

数年が経って猪蔵の体調もだいぶよくなり、猪崎組は再びあの手この手で、山之宿の住人たちを追い詰め、立ち退きさせようと謀っていった。嫌がらせのような騒ぎを、次々に起こすなどして。

その裏で、企ては着々と進められ、せせらぎ通りの周辺の者たちは、立ち退きに仕方なく同意してしまっていた。猪蔵が里緒に言ったとおり、売券を取るのは、残るはせせらぎ通りだけになっていたようだ。

せせらぎ通りの纏め役は雪月花なので、里緒の売券がどうしてもほしいものの、里緒には隼人や盛田屋などの後ろ盾がいて見張りもついているので、隙がなかった。

そこで悪党どもは様子を窺いつつ、里緒を勾引《かどわ》かす機会を狙っていた。そのような折に永代橋の騒ぎが起き、混乱のどさくさに紛れて、里緒を攫《さら》ったという訳だ。

纏め役である里緒が売券を渡せば、これで悪党どもの思うがままになるはずだった。

しかしながら天網恢恢疎《てんもうかいかいそ》にして漏らさず、隼人たちが踏み込んできて、御破算となった訳である。

悪党の一味は、猪崎組、材木問屋の阿積屋、作事奉行の塚越琢磨、山之宿の町名主の飯尾利右衛門。目付にも注進したので、揃って死罪あるいは島流し、切腹になると思われた。

ところで高瀬花魁が「はしが危ない」と言っていたのは、箸ではなくやはり橋のことで、どこかの橋が落下するのではないかと予感していたという。

高瀬はお客の材木問屋〈長谷屋〉の主人からいろいろと聞いていて、阿積屋が粗悪な材木を流して金を浮かせていることを知っていた。そしてその橋の崩落には、阿積屋が関わっているということも視えていたそうだ。

悪党どもは高瀬のそのような異能が疎ましく、悪事をすべて視抜いて誰かに話される前に、勾引かしてしまいたかったのだろう。

事実、奉行所が調べたところによると、民間の管理となっている永代橋の最近の修繕の際に、材木を担当したのは阿積屋だった。

粗悪な材木を使ったために橋が崩落したのであれば、阿積屋の責任は重く、死罪のみならず闕所《けっしょ》になると思われた。

高瀬は異能を持っているだけでなく、磯六の熱い思いにほだされるなど、情にも厚い女のようだ。そのあたりも随一の花魁と呼ばれる所以《ゆえん》であるのだろうと、皆、納得がいった。

高瀬は胡蝶屋に戻り、しっかり食べて精をつけ、肌の色艶がよくなると、仕事に復帰した。

復帰の日には、久しぶりの高瀬の花魁道中を一目見ようと、多くの者たちが吉原に集まった。葉月も下旬、まだ俄《にわか》の催しが続いている。隼人も半太と亀吉を連れて、見にきていた。

高瀬が現れると、歓声が起きた。車のついた舞台の上に乗っていて、それを供の者が引いている。

高瀬は豪華な真白な仕掛《しかけ》を重ね、背中から裾に至るまで、真白な花を飾っている。白狐《びゃっこ》の趣なのだろう、たくさんの簪《かんざし》と櫛を挿した髪には、狐の耳を思わせる飾りもつけていた。尻尾の飾りもつけていて、高下駄を履いた身をくねらせると、それが悩ましくゆらゆら揺れる。舞台の一面も白い花で覆《おお》い尽くされていた。目の周りと口元を真紅に彩った高瀬は、まさに、闇に浮かぶ美しき妖《あやかし》のようだ。

高瀬が引き連れている供の者たちは、胡蝶屋の若い衆や振袖新造、番頭新造《ばんとうしんぞう》、禿《かむろ》、遣手《やりて》たちだが、皆、揃って白装束だ。男も女も皆、髪を垂らして、まさに幽霊の如くである。皆、口元に笑みを浮かべ、車を引き、高傘を掲げ、提灯を提げ、拍子木《ひょうしぎ》を打って、ぞろぞろと仲の町を練り歩いていく。

これぞ胡蝶屋の百鬼夜行か、妖道中か。あちこちから、掛け声が飛んだ。

「花魁、凄えぞ！」

「高瀬花魁、じごくの女。じごくの女は、至高の女！」

高瀬は見物人たちに会釈《えしゃく》をし、真白な扇子を扇ぎながら、嫣然《えんぜん》と微笑む。その姿は、あれほどの危険な目に遭ったことも、もうすっかり忘れてしまっているかのようだ。

その艶姿《あですがた》を眺めながら、隼人は高瀬と話したことを思い出していた。

——妖に化けて、妖道中なんてのをやっているそうだな。お前さんは妖が好きと聞いたが、怖いとは思わねえのかい。

隼人が訊くと、高瀬は笑って答えたのだ。

——あら、旦那。最も恐ろしいのは人間様ではございませんか。いえ、人間様といいますよりは、悪意に取り憑《つ》かれた人間様でしょうねえ。それに比べれば妖や幽霊なんて、可愛いものですよ。一緒に遊んで、その寂しさを紛らわせて差し上げたいですねえ。

次第に遠ざかっていく、高瀬率いる妖道中を眺めながら、半太が言った。

「ああいう花魁って、珍しいですよね。人気があるのも、分かるような気がします」

「色事《いろごと》抜きでも、話してるだけで楽しそうだもんな」

亀吉も相槌を打つ。隼人は腕を組み、笑みを浮かべながら、手下たちの話に頷いた。

長月《ながつき》（九月）朔日は、衣替えの日である。単衣から袷《あわせ》の着物に替わるのだ。

里緒は紺色の袷に袖を通し、生成《きな》り色の帯を結んだ。その姿を鏡に映し、小さな溜息をつく。

両親の死の謎がようやく解けて、胸の閊《つか》えは下りたが、やはり、やりきれない思いが残っていた。

雪月花を出ようとした里緒に、吾平とお竹が声をかけた。

「女将、お気をつけて」

「ええ。後をよろしくね」

里緒は二人に会釈をし、格子戸を閉めた。

秋晴れの日だ。雲もほとんど見えないほど、澄んだ空が広がっている。里緒は眩しげに目を細めた。

通りに出たところで、隼人がふらりと現れた。その照れ臭そうな笑顔を見て、里緒の面持ちも和らぐ。

「どこかへお出かけかい」

「はい。……両親と祖父母の墓参りへ」

隼人は里緒を見つめた。

「俺も付き添おうか」

里緒は兎のような目を瞬かせ、隼人を見つめ返す。姿勢を正し、凛《りん》として答えた。

「いえ。お気持ちはありがたいのですが、今日は私一人で行ってまいります。隼人様とは、また日を改めてご一緒させてください」

「そうか」

隼人は頷く。里緒も頷き返した。里緒の顔には、ようやく微笑みが戻っていた。

隼人は里緒の黒髪に目をやった。祖父母の形見の、夾竹桃の螺鈿細工が施された櫛が挿されている。

「その櫛、似合うぜ」

「子供っぽいかとも思ったのですが」

「そんなことはねえよ。ご両親やお祖父さん、お祖母さんも、きっと喜ぶぜ」

里緒は手を伸ばし、櫛にそっと触れた。

隼人と話をしながら、里緒は今、はっきりと思った。

祖父母が遺し、両親が命を懸けてまで守ってくれた雪月花を、いっそう守り立てていこうと。それが両親や祖父母へのなによりの供養であり、自分の務めであるのだと。

里緒は隼人に深々と一礼し、墓参りへと向かった。手に抱えた風呂敷包みには、里緒が早起きして作った、両親と祖父母の好物だった栗ご飯が入っている。墓前に供えるのだ。

涼しい風が吹いて、どこからか金木犀《きんもくせい》の香りが仄《ほの》かに漂った。

しっかりとした足取りで歩いていく里緒の後ろ姿を、隼人は雪月花の前に佇み、見守っていた。

光文社文庫

文庫書下ろし／長編時代小説

華《はな》の櫛《くし》　はたご雪《せつ》月《げつ》花《か》(六)

著者　有《あり》馬《ま》美《み》季《き》子《こ》

2023年12月20日　初版1刷発行

発行者　三宅貴久
印刷　新藤慶昌堂
製本　フォーネット社

発行所　株式会社 光文社
〒112-8011　東京都文京区音羽1-16-6
電話 (03)5395-8147　編集部
8116　書籍販売部
8125　業務部

ISBN978-4-334-10163-3　Printed in Japan

組版　萩原印刷